陈应松文学演讲集

小说的远方气象

陈应松 著

江苏凤凰文艺出版社
JIANGSU PHOENIX LITERATURE AND ART PUBLISHING, LTD

目　录

我们丢失的读与写

· 在武汉理工大学的演讲

文学的读与写，出现了巨大的问题，造成了我们当前阅读者与写作者双双的困惑。如果稍微关心一点儿阅读文学作品的师生，你们也可以参加一次这种讨论，究竟我们这个时代出了什么问题，让大家对当代作家的作品甚至世界名著都不满意，成了不读书或者只读流行小说的一代人。

读与写，我还是先来谈作品和作家。没有作家的写作、出书，就不会有阅读和读者。不要怪读者，要怪就怪作家。

作家是人类精神生活所召唤的结果。人们有了充足的饮食和舒适的生活之后，渴望阅读，渴望了解更多人的世界，也有穷人饥肠辘辘的也渴望通过阅读忘掉自己的处境和悲痛。比方说雨果的《巴黎圣母院》，是作者声称在这座教堂的墙上，有人刻下了"命运"二字，如果是一个普通人，看到这两个字，也一样会产生想一探究竟的好奇心，谁在这上面刻写的字？这是个什么人？他为什么会有这样的感叹？他的命运是不是太悲惨？他是个男人还是女人？这些人中，有一个是很聪明的、大脑活跃的，善于想象和虚构的人，他于是来满足大家的好奇心，于是将这二字虚构成了一本书叫《巴黎圣母院》，约四十万字，讲述了一个刻字人传奇悲惨的一生，这个人就是作家雨果。他在书的序言里讲得很明白："几年以前，当本书作者去参观，或者不如说去探索圣母院的时候，在那两座钟塔之一的暗角里，出现墙上有这样一个手刻的单词：命运。这几个由于年深月久而发黑的并且相当深地嵌进石头里的大写希腊字母，它们那种奇特字体的奇特式样和笔法不知标志着什么，仿佛是叫人明白那是一个中世纪的人的手迹。这些字母所蕴含的悲惨的、宿命的意味，深深地打动了作者，他多方寻思，尽力猜测那痛苦的灵魂是谁，他为什么一定要把这个罪恶或悲惨的印记留在古老教堂的偏僻墙角上之后才肯离开人世。”最后他说：“正是由于这个单词，作者写下了这部著作。”

人类需要阅读，人类几千年的创作和阅读成为一种文化传统，一种生活习惯，一种跟饮食同等重要的精神营养补充，无论时代发展到什么地步，人们多么富足，文学作品依然会是我们生活的必需品，阅读依然会以更为先进舒适的方式存在。有餐馆，有超市，也一定会有书店。“养儿不读书，只当养头猪。”中国人认为人和猪的区别，就是你读不读书。

也有一句老话说：“人无远虑，必有近忧。”作家在这个时代虽然不会遭遇到他的先辈的文字狱、砍头、挖膝盖、阉割等人生迫害，但遭遇也不会比古代作家更好，他们遇到的问题是老祖宗们从未遇到的。如果李白是活在今天，他的诗再好，也没什么人读。他恐怕只有两种选择来推广自己：一是在微博上装“大 V”；二是搞行为艺术，因为你靠写《蜀道难》难吸引眼球，现在写诗的人比读诗的人还多，只有披头散发，到哪个人多的地方装疯弄邪，甚至胸前挂个牌子写上“我本楚狂人，凤歌笑孔丘”，马上，发到微博，全国知晓。

科技的迅猛发展，造成的市场魅惑、人群的喧嚣、精神的分裂和萎缩、内心的平庸化和对作家及作品失去的敬畏感，让人们与文学这个陪伴我们民族几千年的文化伴侣渐行渐远。作家无所适从，陷入欲罢不忍、欲行无路的行业危机之中。虽然作家很多，作品不少，书店里到处是新书，但作家的内心没有过去文人们干净、安静、表里如一。过去的写作仅仅是为了表达对一个事物的喜好，一种情怀的抒发，对友谊、对风景、对世事的真率的表达，而不像今天的作家要考虑到市场、编辑、读者、评论家、上级领导、评奖与推展名声更多相关关系的处理。

在这种蚂蚁和灰尘都亢奋浮躁的时代，一个人如果内心没有坚持，他几乎不可能成为一个有所成就的和有品格的人。他会变来变去，不能去始终如一地喜欢一个虚无缥缈的东西，为了一碗饭吃，他会撞破脑袋去敲无数个门。所以，为稻粱谋，成为许多作家的权宜之计，怎么取悦大众怎么写，写成功了就是王，写不成功就改行去做其他，或者利用其他的优势，来推销自己的作品。作为知识分子和文人，大家甚至把脸面都拉下来了，毫无顾忌地加入了商业的队伍。

但是，我们丧失的还是要从我们的社会生活中去找原因，这个时代的发展，确实惊人，我也不掩饰我对我们国家发展的自豪与喜悦，比如武汉，有那么多的长江大桥，在长江上建桥就像好玩儿似的，城市越来越大，街道越来越干净，人们的住房条件越来越好，用日新月异这个词并不为过。但对我们知识分子来说，情况并不乐观。因为发展成为硬道理，软道理必须服从硬道理，所有精神层面过去扭曲的、未理顺的、未被鼓励的、压抑或妖魔化的东西全属于软道理，属于“缓待解决”的一类问题。因为各种操作，在经济日渐自由的情况下，各个地方各种壮丽的演出几乎让我们失去了判断对错的机会。比如，武汉有个“满城挖”，南京也有个“满城挖”。后者抓起来了。也就是说，知识分子（当然包括作家）对我们当地的经济生活，不管是什么建设项目、上马与否，缺少发言权，让你在一个公开场合说“对”的机会还是少。这里修了一个商务区，那里来一个工业园；这里一个港口，那里一座大桥，全由政府包办说了算。我们甚至从未有对水、电、煤气的上涨，对一个文化项目的设计，对所有马路街道的命名获得一次机会。会有一台台挖掘机的挺进，对传统街道的拆迁，对田园生活和大自然的蚕食，等你还没有反应过来，几千年的东西瞬间就没有了，灰飞烟灭。比如，城市化、老城区的改造、新农村建设。为了再造一个新城，于是，削平山峰，填平山谷。一个个新城和工业区的崛起，有时候容不下一个普通平民的内心的生死沉浮。在老城区和近郊的乡村，许多家庭许多人，甚至几代人美好的关于街道和乡村的记忆就此化为乌有，土地尽失，房屋不再，增添给他们的是记忆之悲和失地之痛。但是新的景象的确出现了，甚至破败一扫而光，鸟语花香，一块浸满被拆迁者们泪水甚至鲜血的土地，成为安宁幸福的社区，成为工厂，这样建设，埋葬了许许多多个体的伤痛和仇恨，这些伤痛和仇恨淹没在了基本没有表达权利的人山人海之中，那些以 GDP 增长成瘾的人，寄希望于以时间和改变来使老百姓忘掉悲伤和仇恨，来抚平伤痛。殊不知，这种种情绪都被悄悄地累积下来，转移到了另外一些地方，一些场合。

还有一个存在的令人费解的社会现象，就是当某一个事件在互联网上炒得沸沸扬扬之时，人们基本上对作家不抱希望，而是看大 V 怎么说的。这些大 V，我比较赞同一种观点是：他们并不是知识分子，许多都是表演者和哗众取宠之徒，他们的声音有时没错，但同时，也遮蔽了更多知识分子的想法，更多的真实的声音。据我所知，知识分子开微博还是少数，在互联网时代，他们依然是沉默的大多数。即使他们有微博，他们也与公共话语和一边倒的情绪保持着距离，头脑十分清醒，会用自己的脑子思考，这个时代的话语表演中，忽略了一大批这样的人。而作家更是需要对各种观点进行甄别和思考的。所谓自称为作家的大 V，基本不是作家，比如李承鹏之流，他们的发声基本是表演，目的只有一个，推销自己的作品。我不感冒这样的所谓作家，也不会去关注他们，他们并不是静心写作，为艺术献身的一类人。他们的才华也不够。一个好的作家，用作品发言，也不会随民间和新闻的结论起舞，他是从艺术的角度思考每一个事件背后的真相。他要把这一切变成文学而不是仅仅书写一个故事，他是塑造一些人物而不是只发一些议论；他是展开想象而不是还原一个事件。一个好的作家，应该追随民意的立场写作。不过我认为我们的作家太谨言慎行了。

我要说，不是我们的读者不读书，而是没有好书。不是这个时代没有东西表现，而是作家视而不见或者没有去书写。现在，我就要说到我们的写作者——也就是读者的另一方，究竟丢失掉了什么？

一、文学丢失了想象的能力

思想和立场对于作家固然很重要，但对于读者，作家的想象力更重要。对于普通读者而言，读《西游记》和《三国演义》的普遍比读《红楼梦》的多。专业人士可能觉得，都是名著，但有高下之分，《红楼梦》要比《西游记》更深刻，更有思想性，这么说不仅连读者，就像我这样的专业写手，也不会同意，倒是我更喜欢《西游记》。还喜欢《聊斋志异》《夜雨秋灯》。古代的小说无非两种，一种是还原过去生活；另一种是虚构乌有生活。《红楼梦》基本是还原生活的，《三言二拍》也是，《水浒传》也是。而《西游记》《聊斋志异》和更早的《山海经》却是故意写得不像生活的。

因自延安革命文艺兴起，还原生活的文学成为我们文学的绝对主流，到了二十世纪八十年代稍微有点变化，出现了莫言，但现在，又彻底地回去了，作家们的作品越写越现实，越写越老实，还原生活的，如《三家巷》，大家想到广州人的生活；《小城春秋》，想到福建的生活；《红岩》，想到重庆的生活。我们的读者基本上是你提供什么作品我看什么作品，对一部作品的评价是像。比如，某某把官场生活写得很像，某某把家庭生活写得很像。一个词叫"栩栩如生"，为什么不像的作家没有？为什么不像也是种好作品？"80 后"作家是反叛的一代，写了一些不像的作品，也是天上地下，说起来不像，如穿越小说、玄幻小说，细细一想，这些也像，像网络游戏，像武侠电影，这些作品基本上是无厘头，基本没有什么文学价值。

因为写得太像，离我们的生活太近，我们无法在文学作品中获得更多的愉悦，这类作品数量占所有作品的 99%。近几十年，作家想象力的退化是惊人的。这一点上，没有我们古人优秀。以《山海经》为例，虽然它是一个地理书，也有称是一部巫书，一部神话故事，但也有称是"小说之最古者"。比如，其中开篇《南山经》写的，说山上有树木，浑身发光。野兽有九条尾巴，有一种兽是人脸，还有一种兽也长一副人脸，还有长头发。有一种兽是雌雄同体，吃了它的肉人没有妒忌心。还有一种禽鸟，长三只头，六只眼，六条腿，三个翅膀，吃了这种鸟人不会瞌睡。

《大荒东经》中讲海外有神人，长着人的面孔，耳朵上佩戴的是两条青蛇，叫奢比尸。这个地方有许多五彩鸟，说天帝常从天庭下界来与它们跳舞，天帝在地上有两个祭坛，是由五彩鸟掌管的。还说黄帝把一种长得奇怪的叫夔的神兽抓住杀了，用它的皮蒙了一面鼓，再拿雷兽的骨头敲打，响声能传出五百里开外。

古代文学作品对我们的生存环境，我们未到达的地方，与我们若即若离的动植物充满了好奇，充满了令人惊叹的幻想，因为有这些幻想使我们对这个世界更加喜欢，使得这个世界更加诱人。好的作品就是要亦真亦幻，哪怕来点儿胡编乱造吹牛上天。

再以我们湖北神农架出现《黑暗传》这本书为例，收集者是我的朋友胡崇峻，《黑暗传》是一种丧鼓唱本，但被专家称为“汉民族的神话史诗”。看它是怎么讲世界起源的。说通过无极太极之后，有四十八祖神仙动刀斧，山崩地裂，又经过大洪水，九州始分。说当时有个叫幽淥祖，生下浦湜，浦湜是混沌之父，幽淥是混沌之母，母子成婚生下一蛋叫混沌。混沌蛋里出世了混沌，还出世了五条黑龙，大抵经过很多代生出了一个叫江沽的，是个鱼形，但他出世把天下的水喝干了，他于是四方去找水，后来一个神仙给他吞了九颗泥丸子，就是要他造水土的，但是造的是黑水，黑浪滔天，天地于是又回到了黑暗，这时候才出来了一个叫盘古的人，把天地分开，有一个词叫开天辟地，说的就是盘古，说盘古是我们中华民族的老祖宗，但是这本书却把盘古前的事又想象出很久，提前到很多代。整本书都是这些瑰丽神奇的故事，且它来自民间的智慧。

古人对宇宙洪荒的漫漫想象，对人从哪里来，万物如何出现，天地如何创造，进行了让人瞠目结舌的假设，这在如屈原的诗歌中更是有华美壮观的表现。与其说这是文学，不如说这是一种人类的天性的幻想能力。诗歌本来应该继承传统，却在这方面做得更差。现在的诗退化为一种口语诗、口水诗，成为诗歌圈子内的娱乐和游戏。

二、文学丢失了振兴社会的能力

文学从来是有其强大的社会功能的，文以载道是文学的宗旨。在历代的统治者看来，文学在反叛朝廷的统治中总是最先跳出来，所以因言获罪在历朝历代都是非常严重的，比如，秦始皇的焚书坑儒。但这也反证文学确实是有巨大能量的，不然统治者不会如此害怕如此严加管制。

梁启超作为社会改革家，他的观点十分生猛，他在当时提出："欲新一国之民，不可不先新一国之小说。故欲新道德，必新小说；欲新宗教，必新小说；欲新政治，必新小说；欲新风俗，必新小说；欲新学艺，必新小说；乃至欲新人心，欲新人格，必新小说。何以故？小说有不可思议之力支配人道故。"

那个时代文学兼有政治和娱乐的功能，他把文学提到如此高的地位，在今天看来是一个黑色幽默。今天的人会说，文学与国家，与道德、宗教、风俗和人格有什么关系！但是作家作为这一个行业的传承人，难道不应该继承文以载道的功能？但是现在文学好像是一个患了幽闭症的小孩和一个患了阿尔兹海默症的老人，成为在政治生活中沉默失语和与社会失去关联的孤鸿。当然，政治的起伏和变幻莫测，在他们进行合理的管制感觉到有些松弛时会猛拧一下发条，让大家慢慢遵守了某种法则，就是远离政治的话语中心，莫谈国事、文学向内走而不是向外走成为各自生存的法则，与政治社会敬而远之，不卑不亢，表现出一种古代文人们少有的人情练达和世故圆滑的人格，竟然，这类作品大受欢迎。作家成为一批很"乖"的人，可以用文字与社会发生冲突，但在现实中，永远保持中立者和旁观者的角色。

当作家退出我们的政治和社会生活之后，但读者却在现实生活那儿，如果寻找不到他们的精神导师，他们会转向另外的东西。比如，流行小说、邪教、巫术、哗众取宠的公知、娱乐，等等。其实作家可以以作品告诉人民思考，传导民族精神的火光，这在过去时代作家诗人都做到了，在国外也有大量作家做到了，但在我们的当下，作家已经无力做到。作家出现的情绪冰点和精神隐匿，无法提振读者对他们的兴趣。当心灵不再相通，人们疏远当代文学是可以理解的。

三、文学丢失了与自然对话的能力

喜欢古代文学的读者都知道，从《诗经》《楚辞》开始，我们的文学作品大都是与自然山川的对话，认为自然是大道，是大智者，所以提倡道法自然，在这方面每一个大诗人都有绝唱，这类歌颂大自然的经典作品太多，诗人作家们基本把自己与自然融为一体，什么“相看两不厌，唯有敬亭山”，什么“举杯邀明月，对饮成三人”。屈原的作品，自比为芳草美人，常在身上佩戴香草、兰花。如果现在将兰草戴在身上，有人会说你是神经病。但我们的民间还是保留了一些传统，比如，戴栀子花，佩白玉兰，后来有陶渊明“采菊东篱下，悠然见南山”，到了唐诗宋词形成了对大自然讴歌的海量作品，至明代还有公安三袁的游记，堪称是对大自然描述和赞美的山盟海誓之作。

为什么文人对大自然如此衷情？因为道法自然是文学艺术的最高境界，另外，作家诗人在对大自然的书写中会获得天地的神示与灵感，最美的文学形成于对大自然的感悟，大家读读唐诗宋词、李白杜甫就明白了。

大自然有自己的道德伦理体系和生存原则，从来没有虚伪和谎言的东西，大自然的真诚与智慧、静默与宽厚都是人类所没有的。大自然的智慧超越人类，与大自然交流的感情可以突破语言、学养和身份的障碍。

如果读过张爱玲的《倾城之恋》的，写到男主人公范柳原是个海归，但在香港地区时找了一个叫白流苏的世俗女子，文盲，大字不识，两人没有共同语言，交流困难。认识后想爱却无法找到感觉，常在海边散步但却无话可说。有一天，范柳原给白流苏打电话，又没有话说，他看到了天上的月亮，就跟她说，你看天上的月亮，白流苏将头探出窗外，看到了一轮明月，她回过头拿起电话，发现另一头的范柳原一声不吭，她便流起泪来，并且突然明白范柳原曾跟她说的天荒地老是什么意思。你看，人与天地的相通，可以通过一轮明月，把两颗很远的心串起来。“但愿人长久，千里共婵娟。”人懂得自然，自然也有情感，“感时花溅泪，恨别鸟惊心”。

我们生活在一个没有信仰的时代，我在想，我们也可以到自然中去寻找我们民族最古老的信仰，万物有灵，我认为那是我们民族信仰的根。

现在的问题是，优秀的作家大多住在城市，已经远离了自然，我们的许多触觉、视觉、听觉都在退化，对大自然不再依恋，因而根本就无法去细腻地体验、倾听和书写大自然。因而我们的作品普遍不美，作家几乎没有了对自然山川描写的能力。所以，当刘亮程《一个人的村庄》出来的时候，为什么如此受到欢迎，远比小说家的小说受欢迎，原因很清楚，因为，这种作品太少了。人们需要这种作品的浸润，获得某种几乎失传的感应能力，认识我们祖先曾生活的古老家乡，找到一种来自田野的新鲜感，重建一种野草般的文学的活力和勃勃生机。

四、文学丢失了与传统文化对话的能力

我们读二十世纪三四十年代作家和诗人的作品，会发现疙疙瘩瘩，佶屈聱牙、不通畅，就连鲁迅、戴望舒、徐志摩等人的诗文也是，总是半文半白的。为什么会出现这种情况？小说诗歌一百年的白话文运动，在三四十年代，还处于发育阶段，没有现在的白话文成熟。但是，现在的白话文成熟了，解救了中国书面语言的过于迂腐和程式化，但也让传统的文化，特别是文学语言也遭受了致命的伤害。现在的文学作品很通畅，但成了白开水，寡淡无味。

过去写作为什么要用文言文？我想大概那些古代知识分子一是想保持中华文字的纯正性、统一性，方言太多，各自自由使用方言会带来交流的麻烦；二是让一般人难懂的文字成为少数文化精英的财产，成为精英之间交流的通行证和密码。但后来明清小说出现后，文字开始向大众传播，只能随行就市，走向了方言俚语和口语，一直到后来的新文化运动，白话文

彻底打败了文言文。

现在，有一种民国情结，也在文学中盛行，许多人认为当代作家没有民国作家有文化，一群没有文化的痞子在进行文学创作。事实可能如此，我们这代作家没有民国作家的古文功底，没有他们的渊博学识。所以，汪曾祺先生说，写小说一定要不时来一两句古语，这才显得高人一筹，显得有文化。

对传统文化的背叛很久之前就发生了。那时把孔子的墓挖了，碑砸了，基本上就是把中国文化的根铲除了，现在要振兴文化，好像又开始尊崇孔子。但传统文化中所蕴含的道德精神我们还能恢复吗？过去我们每个县都有城墙，现在还有吗？过去我们每个县都有城隍庙，现在还有吗？过去我们每个县都有文庙，现在还有吗？现在所谓恢复和重建我们的传统文化，同样存在公开的光天化日的虚伪。比方说在全世界建立孔子学院，看起来是在向外输出中国的传统文化，表现出如何对孔子的尊崇，但事实在本国，你建了几座文庙？你敢在课堂挂“礼义廉耻”？你向自己的学生发过孔孟的“四书五经”读本吗？比如，孔子的思想就是一个字；“仁”。他在那个战乱时代四处游说，就是推行他的仁政思想。为政以德，宽厚待民。后来，孟子发展了他的思想，明确提出仁政，孟子在《梁惠王上》中说：“王如施仁政于民，省刑罚，薄税敛，深耕易耨，壮者以暇日，修其孝悌忠信，入以事其父兄，出以事其长上，可使制梃以挞秦楚之坚甲利兵矣。”他还说：“民为贵，社稷次之，君为轻。”在《尽心章句上》又提出：“亲亲而仁民，仁民而爱物。”世界全是爱了。这样的思想何等美好。正因如此，传统文化在当下中国处于十分暧昧的境地，而我们中国人的价值观道德观，是基于我们本民族五千年的传统文化。

我们当下的文学在这样一种文化的矛盾格局中，显得失去根基，处于漂泊和悬浮之中，显得直白浅显，甚至不像台湾地区的文学，透出一股深厚的传统文化气息，有着中华文化的深深烙印。

互联网时代的文化大规模的去圣化运动，是继二十世纪初新文化运动、二十世纪中期的“文化大革命”之后的第三次文化浩劫，杀伤力巨大。这种与现代启蒙运动有关的去圣化造成的恶果就是浅薄、恶搞、简略和歪曲，这场以互联网摧毁中国残存的传统文化和文字尊严的浩劫，其中坚和主力为知识分子，也有一部分对语言有着天赋的年轻人。对经典诗歌恶搞，对成语恶搞，对古代诗人恶搞，对文学恶搞，而许多青年作家网络写手，恰恰是用这种没有文化含量的、糟糕的、垃圾一样的文字进行创作，有些幽默已经玩过头了。但是，在我们民间、在乡野、在我们生活的底层，可能保持了传统文化的尊严，保存了传统文化的火种。像神农架那样的深山老林，我所见到的一些中华文化奇书就有前面提到的《黑暗传》，还有《红暗传》《白暗传》《玄黄》《昊天》《太阳经》《太阴经》《山王经》《大王经》《三官百斗》等。我们的文学界早就忘记了这些珍贵的文化宝藏，不知这些为何物。

下面，我想谈谈读书和读者的丢失。

现在，我们的生活因为科技的发展变得简单化了，大部分时间就是一部手机了，手机可以完成人们大部分的生活，包括阅读。手机阅读一样可以读四大名著，读世界经典。我不反对这种阅读，点一下百度，我可以搜索到所有资料，连字典辞海也不需要了，这简化了多少手续，节约了多少时间，节约了多少纸张，这难道不是一种进步吗？

如果摒除我们这一代人对读书的偏见，比方说要纸质书籍，要自己喜欢的版本，要印刷古雅，能让自己安静下来，能最快进入氛围的书。要到图书馆、新华书店，但是我想问一下大家，你们有多少人还在买书？多少人还读文学杂志？多少人常在当当网、亚马逊购书？不管是读什么书，不管是严肃文学还是通俗文学，类型小说还是流行小说，多少人还在读小说？

要说阅读丢失了什么，我以为现在最大的问题是——丢失了作为一个读书人的虚荣心。

喜欢读书的在过去人们的印象中是一个好孩子，手上经常拿一本书会被长辈们称赞，说这孩子将来一定是有出息的。现在你手上有没有书并不是人们关心的事情。今年湖北的文科状元是襄阳五中的女生，她把《红楼梦》就读了不下十遍。一些高考作文满分的学生，一般都是有超强阅读欲望的孩子，要么对古典痴迷，要么对小说痴迷，并且都是读的经典。

现在的阅读水准下降，是因为传媒和娱乐从中捣蛋的结果，导致阅读的被动，网络在商业强力加入的情况下，所推荐炒作的书，很多是没有营养的，甚至是有害的。大家觉得这本书有趣、好玩就去阅读。有趣、好玩只是一种浅阅读，而且里面藏着许多危险的诱惑。真正的阅读和有营养的阅读是触及思想和震撼灵魂的，是提升境界和塑造人生的。

我们阅读丢失的第二点是对作品好坏的分辨能力。

当然也可以说你不会读书。那些励志的、心灵鸡汤类的书，并不真的能帮到你，另外的能吸引你的书，也就是一个故事，什么盗墓的、穿越的、玄幻的。但是读书并不是读故事，读故事是消遣，真正读书是增加人生的分量。

我还是以作品为例来说，美国作家海明威的《老人与海》。这是一部好作品，没有问题，喜欢读励志小说的，都会把它当励志小说读，因为有大家都知道的警句："一个人并不是生来要给打败的，你尽可以把他消灭掉，可就是打不败他。"《老人与海》写的是一个叫圣地亚哥的老渔夫，在大海里驾着一条小船打鱼，八十四天没打着鱼，生活无着，靠一个小孩给他四处讨吃的，到了第八十五天，他一个人下海，打到了一条大鱼，跟这条鱼较量了几天，把鱼杀死拖回港口，但一路上被各种鲨鱼把他的鱼吃掉了，等他回来，鱼只剩下了一副骨架子。这个故事很好看，也不见得很好看；这是一个励志故事，又不是一个励志故事。年轻的时候看，是觉得这个老人了不起，永不言败，你消灭他，却打不败他。过了些年再看，又看到了一个老人的孤独，一个失败英雄的悲歌，尽管他说一个人在大海上不会孤独，但是，那种深深的孤独感，你觉得这才是作家想表达的。后来，我开始写小说，想学一下海明威，再来看，发现了它的语言奇妙、温暖，还发现了它有许多象征的隐喻，更发现了许多让人捉摸不透的东西。比方说，他老是写老渔夫梦见狮子，是什么意思？狮子也是沙漠和草原上孤独的英雄。这是写他对海的恐惧吗？还写他和那个小孩喜欢垒球比赛，这又是为何？写他总是把大海中的鱼和他杀死的这条鱼称为兄弟，这又是什么意思？还有，他说：正因为我爱你，所以要杀死你。但是我没想杀死月亮和太阳，等等。到了现在，我再去看这个小说，我又发现了另外的海明威的许多隐喻，比方说，他在小说中写到与鱼进行长时间地较量时，受了伤，抽筋，没吃的，吃生鱼，尽管钓到了这么一条比自己的渔船还要长两英尺的鱼，这位老人说："这要是一场梦多好，但愿我没有钓到这条鱼，独自躺在床上的报纸上面。"到了我们这个年纪，为什么特别注意到几十年都被忽略的这句话呢？那就是，当你得到太多的时候，超过你的生命极限和忍受极限，让你筋疲力尽的时候，你会感到，人真的不能要太多，躺到自己家里的床上睡一个安稳的好觉就是最美最美的。当鲨鱼把什么都吃掉，他获取的东西也没有了的时候，他知道自己被打败了，他想是什么把自己打败了呢？"什么也不是，是我走得太远啦。"这句话也会让人感慨万千。

还有，跟励志小说不同的是，作家写到了大量的大海的风光，使我们如亲临其境，感到我们的情绪也在海上跟他一起颠簸、漂流，一起在绝望中挣扎、经受、奋起。我们的精神一样在与他共鸣，一样饱受着大海的洗礼。这是我前面讲的作家丧失掉的描写自然的能力，在这样伟大的小说中一件也没丢失。

另外，你还可以读出一个作家伟大的人道主义胸怀，你会想，一个作家哪能这么有本事，把一个老人的内心写得这么丰富，这样山重水复，作家是如此深刻地体悟到一个老人在孤独中的心境，对一个底层人的贴心贴肝的同情，能把一个小说写得如此血肉丰满。他的那些可怜又可敬的大量内心独白等同于一个老人在和大海不停地说话，和命运不停地说话，没有激烈的言辞，只有卑微的乞求和敬畏，宽容和理解，没有抱怨，没有诅咒，当你读完全篇，读到最后一句"老头儿正在梦见狮子"时，你发现对命运的隐忍可能是最伟大的。小说那无尽的余音会在你心里折腾你，缠绕你。

你看，读小说是这么读的，好的读者会读出更多的东西。

第三点，读者丢失了阅读的耐心。

现在的阅读由于是刷屏，会让阅读速度加快，不想读的“唰唰唰”就翻过去了，而我们传统的纸媒书籍阅读，会有书签，自己买的书会在上面做许多记号，写下许多阅读笔记，还会回头去阅读已经读过的章节，体会前后的意思，把好的地方折上，以后翻开会永远记得那最好的段落与句子，如果你有了这本书，那些发黄的纸张会记下你青年时期的思想和成长。但是刷屏时代的阅读，读过之后那些东西全然不见了，阅读最重要的记忆是对书籍的记忆。

在刷屏阅读中，最快餐化的阅读是微博。微博上也是应有尽有，喧嚣着资讯的汪洋大海，也因为五光十色而吸引你。如果让一百多字的微博阅读成为主要阅读，人们以后会对大部头的书有排斥心理。我非常赞同王蒙先生的话，他大意是说，一个只读微博的民族是没有救的民族。那上面也有社会热点，我们可以发帖，天天做读者，也做评论员，痛斥腐败和体制，看起来参与了公共事务，跟着起哄，但我们丧失了更冷静的思考和更沉醉的阅读，让自己做一个精神完整发育的正常人，一个有思想分量和生活质量的人。

一部经典作品是要连贯性的情绪来阅读的，要有耐心进入作家描写的世界，感受那离我们比较遥远的过去的生活气息，替那些与我们毫不相干的人物悲伤和欢笑，为他们的命运揪心，这种丰富的情感体验，会成就我们的人生，使我们变得通情达理。而在网络和微博上，只能把你培养成一个与世对立、充满戾气的、顽固不化的愤青。我听人说，一旦成为愤青，就将一辈子是愤青。

我最后要说的是，写作者和阅读者，都已经被这个时代折磨得面目全非，我们面临共同的危机。在文学世界中，不是遭受到吵闹的商业性在威胁和蚕食着我们，而是我们自己放弃了一种伟大的充满尊严的读与写的传统。人类在“诗意地栖居”的精神梦想中，用文学和艺术打开了心灵创造的空间和诗意想象的空间，今天我们仍要继承这一个传统。伟大的作品总是能诞生的，历史并未终结，但是对于更多的人来说，与其在做梦和等待中，在网络迷惘和精神的缺氧中，在寻找灵魂的荒原上徘徊，不如马上拿起那些时间证明已经是伟大的书来，开始我们安静的阅读。我最后把曾国藩的两句话送给大家：

“一个喜欢读书的人，品格不会坏到哪儿去；一个品格好的人，一生的运气不会差到哪儿去。”

文学乡土及写作的理由

·在长江大学的演讲

乡土和乡土文学

乡土和乡土文学是两个概念，乡土文学是鲁迅提出来的，后来茅盾又把它进行了规范，但依然显得偏颇。我当然是乡土小说作家，这是没有疑问的。有人会问，题材那么多，你为什么偏偏选择写乡土或者乡村或者农村题材这么个东西呢？问得好！我先说乡土，有了乡土才会有乡土小说。

说我陈应松是有乡土的人，这个是作为一个作家最自豪的。一个作家倘若生在大城市，我认为是一个悲剧。乡土就是有根。我回到荆州，大家说我是荆州作家，荆州的骄傲。回到公安，说我是公安作家。回到我的出生地黄金口，说我是黄金口的，一个很小的地方。在武汉有几次有朋友说出差经过黄金口时，很想去看看我的旧居。我跟他们说我的旧居没有了，看以后我更有点名气时当地会不会恢复，这自然是玩笑话。黄金口曾是一个非常之小的公社小镇，现在是一个村，所以说我们是乡下人。武汉人认为除武汉外都是乡下，你荆州、你公安县城，都叫乡下。我记得我到武汉之初的春节，别人问我回不回乡下过年。我说我不是乡下的，是县城的。但武汉人不这么看，统统是乡下。何况我们在更小的地方，是乡下的乡下。

我每年回公安都要坐车去村里走一走，我的故居在冬天总是长着绿油油翠生生的油菜。你说这样的地方，怎会不出乡土作家？它绝对不会出官场作家、城市作家、私小说作家、下半身写作的作家，不会的。

在中国，有一个奇特的现象，就是很多大作家都出生在小镇。不知道你们做文学研究的注意到这一现象没有？我是在去湘西沈从文的凤凰时突然想到这个问题的。凤凰是一个县城，也应是一个小镇。比如，鲁迅、茅盾、沈从文、李劼人——写《死水微澜》《大波》的，他虽不出生在小镇，但在郊区小镇生活了二十多年；还有萧红，写《呼兰河传》《生死场》的。而且他们都是乡土作家，写乡土的、农村的。这是一个很奇怪的很有趣的现象，在国外好像没有。“乡土”这两个字，本身就很深厚，这两个字，本身就是文学的。这些作家的小镇我去过一些，我感到，这些人生活的环境，就是出大作家的环境。我姑且把这些作家称为有“乡土感”的人。也可以说是乡土情结。乡土是有土地滋养的，有土地滋养它就有大地的灵气。再者，乡土是一个人情醇厚的地方，你在一个小镇，七大姑八大姨的。大城市他就没有，他孤孤单单的，一个人在城里谋生，举目无亲。在自己的乡土上，村里也好小镇也好，亲戚客人来往不断，它有浓厚的人情世故在里面。世故在这里是一个褒义词——世故是一个作家很需要的。人在这里有一种根基感，是可以回乡的，有乡可还。少小离家老大回。还有一个乡音，凭这个可以找到许多老乡。

我在去了沈从文的凤凰之后，那里的山上，当地修了很好的墓，我当时写了几首小诗，有一首是这样的：“凤凰幸有大师冢，大师幸有凤凰城。纵然世界多寒意，家山殷殷暖我魂。”世界对沈从文是充满着寒意的，世态炎凉。沈从文一生该多么坎坷悲凉，他这么大的作家新中国成立后竟没写作的权利，被安排去研究中国古代的服饰，世界对他寒意凛冽，但是“家山殷殷暖我魂”。他还有一个家山，还有一个凤凰小城。我说一个作家出生和生活的地方要小，太小太小如有些乡村太封闭没有用，太大了也没用。最好是小镇，往往这些小镇成就了一些作家。他有厚土的依托，越小，越温暖。很多人很多年大家都记得他，有他的故事。我回黄金口至今还有人叫我的乳名、小名。“哦，大平巴回来了！”我乳名叫雪平——生我那晚雪把门槛都平了，小镇上的人简称我大平巴，我还有个弟弟叫小平。“巴”是对小孩子的一种昵称，后面都带个“巴”字。你想想，有人叫你的乳名和小名该多么亲切。你若是大城市的，茫茫人海，没哪个喊你的乳名。我自己真的忘记了我还有乳名、小名，多少年没人喊了，回到家乡，当有人叫我小名时，哟，什么都唤醒了，非常亲切温暖。其实国外作家也是深谙此道的，他不写大，写小。马尔克斯写马孔多小镇，福克纳写杰弗逊小镇，都是因为小。而他们的出生地也是因为小，成就了他们。也因为小镇，才找到了小说所需要的重要的东西，找到了他倾吐的方式。

乡土有小乡土，有大乡土。我以为一些有成就有追求的乡土作家都属于大乡土作家。鲁迅写的阿 Q 未必仅仅是那个未庄的绍兴的阿 Q？未庄也未必是某一地的未庄，“未庄”的意思就是一个不确定的村庄。有人就说过，究竟是鲁镇的未庄呢还是未庄的鲁镇？像马尔克斯，别人不会说他写的是哥伦比亚的哪一个省啊哪一个市啊哪个县哪个村啊，人们对他的评价是：他写的《百年孤独》是拉丁美洲百年历史的一个缩影。是一个洲，他是大乡土，他把拉丁美洲整个洲都当作一个乡土。我认为有成就的作家应该有这样的襟怀。鲁迅也是，我们不会说他写的阿 Q 是江浙农民的代表，他不仅不是农民代表，而是中国人劣根性的代表。真正的作家很聪明，他的视野，他的胸怀，他的眼光，都是大格局的。所谓乡土，对作家来说是一种借代，利用这个乡土来抒发他对整个世界、时代、民族，整个生命，对社会的一些认知，乡土就是虚拟的东西。那么我为什么要写神农架？神农架是我的大乡土。不是说我对我的出生地荆州没有感情，不是这样的。其实对荆州的许多东西我都把它移到神农架去了。大家看了我的神农架系列，我不会只写神农架一地的风俗，我把湖北的许多东西全揉进去了，全发生在神农架，包括风俗。我写的风俗是找不到出处的，虽然也有哭嫁，也有五句子山歌，但那不只是神农架的，恩施的有，荆州一样的有五句子，荆州各县的民歌五句子占大多数，并不是鄂西独有的。以公安为例，我们的民歌几乎都是五句子。每个作家都是怀有野心的，没有野心的作家不是好作家。因此，神农架对我来说，就是我的乡土，是我心中的乡土，是含有我对乡土的全部的看法和认识，一些根本的东西都包含在里面了。而且神农架离我的实际距离和心灵距离，不远不近，恰好够那个距离，既亲切又陌生，既遥远又近在咫尺，是我心中所想象的乡土，也是现实生活中非常真实的乡土，或者用他人评价我的话来说，是当代中国农村的缩影。我知道我的写作还远没有达到这样的高度。

有人又会问，你写神农架就够了吗？一个缩影就行了，写得那么好，为什么又要回来，写你真正的家乡荆州呢？这里除了对读者阅读的考虑外，更多的是自身的原因。神农架很少进入我的梦中，但近些年，随着年龄的增大、老去，我出生的那个小镇却时常进入我的梦中，折磨得我夜不能寐，夜夜惊梦，我以为这是一种暗示，虽然我已写了一本散文来回忆这个小镇的人和事，但仍然没解决问题。这本书叫《小镇逝水录》，百花文艺出版社出版的，是写二十世纪六七十年代我的童年、少年、青年的，写那个时代的记忆，神奇神秘的事情。我以为写了之后这个心魔就解开了，轻松了，但我依然做梦还是那个地方，那些儿时的玩伴。其实我与他们根本就没有交往了，也很少想到他们，只不过过年的时候会回去走走，到河边捡几枚铜钱。我们那个小镇在水运兴盛的年月是很热闹的，被称为“小沙市”，河边一色的吊脚楼。这一是因为那儿就是湘鄂边；二是我们小镇湖南人多，我们的主街就叫益阳街，湖南人多。但吊脚楼因河水冲刷，一个晚上就坍塌了二十多家，全被河水卷走了，人与屋无影无踪。我每次回去在河边走走，能捡到铜钱，再挖几块老砖带走做个纪念，是个安慰，如此而已。但梦纠缠我，让我不得安宁。你不想它，它不请自来。这究竟是什么意思呢？是不是冥冥之中有什么暗示我要我来还这份感情债呢？要我回来写写故乡？现在我才明白，我真正的乡土是荆州，是公安。

对乡土的挥之不去，梦萦情牵，很大一部分是出于记忆，且是童年和少年的记忆。童年时代的记忆是最深刻的，年龄越大越老越清晰，是无法磨灭的。记忆中的乡土，是真乡土，是经过岁月沉淀之后，发酵之后的诗意的乡土，醇厚的乡土，美丽的乡土。它可能把许多东西过滤掉，最后留下的是快乐和幸福。

另外，生活教会人回忆。在外头的人情冷暖，利益纠缠，或者对官场的厌恶，对城市的厌恶，使人回过头来歌颂乡土中的故乡，当然也含有一份对大自然的感情，对自己童年少年生活环境的一种怀念，就算是情有所归吧。比方说古代，陶渊明，三次辞官，放着县长不当了，要去到庐山脚下种地。一个县长现在我们知道，应该是很肥的，当时也不会太差吧。可他不想做，后来他经常处于无油无米的贫困境地，但他的精神却得到了极大满足与张扬。古代人已经做出过这种表率。我们中学时学过他的诗：羁鸟恋旧林，池鱼思故渊。开荒南野际，守拙归园田。

还有我们荆州老乡，晚明公安派公安三袁中的袁宏道，更是为辞县长达到了疯狂的地步，他当时在吴县，就是现在的苏州，才二十七岁，还是个小青年。被誉为“二百年无此县令”，深得当地人爱戴，但他七次写辞职报告，并且威胁说如不批，唯有逃遁而走。按现在的观点，这青年前途无量，可以向上爬，二十多岁就是正县级，以后弄个厅局级、省部级不是顺理成章吗？我不知道我们现在的官场有没有这样的县长，竟然想从官场逃跑开溜。现在是不可想象，现在削尖脑袋都想当县长，哪个不想当县长？你们看现在有哪一个县长辞职的？哪个局长辞职的？没有。这些人为什么要辞官，归隐田园？就像袁宏道说的：“潇然于山石草木之间。”袁宏道回到公安之后，在斗湖堤柳浪湖建了一个柳浪馆，植柳万株，他有一句写柳浪湖的诗说“一春博得几开颜，欲买湖居先买闲”。

我认为他们都应该归于乡土作家、乡土诗人之列。袁宏道也写了那么多公安的、沙市的、荆州的诗。我在荆州乡下跑，每到一地，都听人讲起袁宏道写当地的诗。因为是文人，对故土，对自然心有灵犀，难解难分，甚至他们本身就是乡土，乡野之魂，厌恶官场，避开人群，回到亲情与儿时记忆之中，“池鱼思故渊”。这使我想起了我们荆州另一个也应是第一个乡土作家、乡土诗人屈原。现在有许多证据证明屈原是出生在荆州的，就算这个有争议，但他一生中大部分时间是在我们荆州郢都为官，他有“鸟飞反故乡兮，狐死必丘首”的诗句，这都是乡土情节所致。他关心的是“惟草木之零落兮，恐美人之迟暮”，美人在他的意识里，也是香草的一种，香草与美人是一类的，也以此自喻，常佩芝兰于身上，让自己沾满自然的乡土气息。在他的诗中，也写了我们的城市，写了宫廷生活，但更多的是写的乡土，像《九歌》，突出的有《山鬼》，而九歌就是根据楚地民间的祭祀歌再创作而来的。还有其他一些诗，里面大量的用词，大量的场景，渗透着荆楚乡土气息。里面的大量植物，我们的后来者——荆州的本土作家却少有触及，在作品中没写过，但却是依然生长在我们荆楚，他写的大量的饮食，现在都找得到出处，也依然是我们现代荆州人生活的一部分。所以在台湾柏杨的《中国人史纲》里，称《楚辞》是“具有异国情调（相对于北方《诗经》）的南方乡土文学”，是很有见地的。

写乡土的就意味着对乡土的还情和情归，这种还情是自觉的。乡土的记忆是一个人生命的一部分，是身体印象的苏醒，特别是在城市生活过后。泥土和自然的记忆会因为某种刺激强烈地醒过来，强有力地暗示和改变你，从而扩大为一种人生态度。

这里我想起荆州还有一个画家李青苹，她被尊崇为中国印象派画家，中国彩泼画派创始人，一生坎坷，孤苦伶仃，在街道糊盒子，卖冰棒，捡垃圾。在南洋时，出画册却是徐悲鸿作序。我说她也应是荆州乡土主义画家。有人说她的绚丽的色彩得益于她在南洋的印象，其实荆州自然四季变化的丰富色彩没给她潜移默化的滋养？荆楚出土的漆器、丝绸没给她耳濡目染？这些漆器、丝绸的色彩之艳丽，之绚烂，就是我们楚地乡土艺术的极致，就是一些民间艺人的作品嘛，也是楚文化浪漫主义的表现。如果李青苹出生在大西北寸草不生，色彩单调的地方，她能画出这样色彩如此热烈，如此浓艳，如此绚烂的画吗？也因此，李青苹的画，同样是对乡土的一种诠释，一种大胆的传情、表白。是一种乡土记忆的现代方式的色彩讲述。

我们也可以把它说成是对乡土的反哺和回馈。但我认为这种反哺不是一种感恩，是一种再次对故乡的触入，高境界，高层次的触入。你本身就是这里的一块土嘛，一块活动的、有灵感的、有生命的、有感知能力和表达能力的土。你把对土的眷恋，理解，相亲相爱的感觉、触觉、听觉统统诉诸文字。也就是说，你这根苗要喷吐花蕾和结果，只能是这块泥土适合你。不是你选择了它，而是它选择了你。这是一种极其自然的生命生长的规律和生命存在的方式，不必要弄得非常神秘和作过度解读。

那么作为文学的乡土究竟包含了什么呢？大学教授们分析的跟作家感受的可能有所不同，也可以拎出个一二三四来，这是研究的结果，不是我们创作最初的冲动。一个作家将乡土写入文学写成作品，这种乡土已经远不是真正的乡土本身，南美作家马尔克斯的乡土跟北美作家斯坦贝克的乡土该有多么不同。这反映了作家对写作的认知、写作方式和对世界的看法是根本不同的，这种不同造成了文学的乡土是千姿百态的。马克尔斯的乡土充斥着怪异和传说的魅力，斯坦贝克的乡土充满了对生活严峻性的认知。同样是写山东乡土的，张炜的葡萄园是在海风吹拂中的浪漫气息迷人的乡土，莫言的高密东北乡的乡土是沉重的同样也是诡异的乡土，他们的山东乡土竟然是完全不同的。

文学的乡土当然包括方言、地域的风情、民俗。但一个优秀的作家是不会仅仅把这些当作书写的主要内容的，他必须以极其独特的进入方式，甚至是有点偏执的方式为自己笔下的这一个“乡土”定调，找到自己最佳的表现方式，认定：此乡土才是此地。如我的神农架，过去也有写神农架，也有写鄂西山区的，小说很多，作家很多，但写法大多大同小异，分不出你我。我必须寻找我的文学神农架，这一点非常非常要命，找不到，就没有你，找到了，你才存在。抓住它的精髓，抓住它最富表现力的，人们感兴趣的东西这才是根本。别人所理解的神农架跟我理解的神农架是完全不同的。我写出了，也没有人说这不是神农架，恰恰别人说这才是真正的神农架。让乡土进入文学，成为文学，要走的路是很远的。不是任何乡土都能进入文学，不是所有乡土都适合用小说去表现。

譬如，现在我回到江汉平原，我深感进入的困难，究竟怎样写出别样的一个江汉平原来，这是个巨大的困难，我到目前为止没有找到很好的感觉，无法进入。你就是这样轻易写了，那也不是让别人有阅读期待的陈应松式的小说。它当然与神农架不同，荆州比神农架先进至少二十年，但也不能割断我过去的创作。它有平原生活的一切特征，这是没有疑问的。比如，他吃的肯定是鳝鱼、甲鱼、鱼糕、油焖大虾加沔阳三蒸、荆州八宝饭，不会吃熊肉、狼肉、野猪肉，不会再有猎人，结婚也不会再唱哭嫁歌，也不会有夏天冻死人，在森林里迷路这样的情节，种的不再是苞谷、洋芋，而是油菜、棉花、大麦、小麦、水稻。不过我想先打个预防针：不要以为我写的平原就是今天我踏着的这个平原，它是文学的平原而不是生活和现实中的平原，跟神农架一样，只能是虚拟的，所有的乡土都是虚拟的。因此文学乡土的虚拟性是它的特征。它还有一个适合自己书写和表现的问题。不过有人担心我是否适合写平原，因为在人们的印象中，我是个只写蛮荒的贫困山区的作家。我要挑战自己，作家要为自己设置难度，有难度才有高度，才有新的世界、新的境界。我自认自己是一个进攻型的作家，总是充满着越界的企图，在我这个年龄进行一次写作的移位和转变，是我的一点野心，希望得到各位的鼓励。

写作是一种身体的需要，当然我们可以把它称为一种写作策略的调整，一种变化，但我认为是身体自身的需要，我今天回到荆州，回到与神农架完全不同的田野时，我的那种激动是无法用语言表达的。史书上说荆州“平畴千里，膏壤腴地”“地势饶食，无饥馑之患”“沃野千里，士民殷富”，是全国公认的鱼米之乡，也是给这块地方定了调。她与神农架对我的感受是完全不同的。大片大片的油菜花，桃花；青山绿水，犁耙水响，菜籽黄了，大麦收割了，秧插了，都在拼命唤醒我过去的记忆。神农架是另外一种感动，是一种比较坚硬的、遥远的、严酷的、朴素的感动，荆州的感动是比较热烈的、温暖的、亲近的，有几分俏丽的、妖媚的感动。首先是我的生命需要它，至于写不写，能写出什么，那是另外的话。

我的写作理由

我之所以讲这个问题，是因为在家乡的长江大学有不少喜欢和研究我作品的老师和同学，你们对此问题比较感兴趣。

写作的理由我曾经回答过不少，也写过文章说过类似的问题，有些是顺着别人的暗示说的，有些是根据某一篇作品的创作心得说的，都不是很真实，也以偏概全。

我写作的理由既不崇高，也不神圣，更不灵魂——将一个名词当形容词用。说写作崇高神圣和为灵魂写作，这种将文学推到至高无上地位的人，不是居心叵测就是对文学一知半解。我自己也会在某些场合说灵魂、崇高、神圣这些字眼，但这要看当时的语境是什么。有两种人，一种是把文学说得非常崇高的、灵魂的；另一种是把文学糟践的，把比较优秀的、有分量的文学贬低以抬高自己的身价。说白了，这都是邪教教主的鬼把戏。灵魂究竟是什么，谁看见过灵魂？有时候我讲灵魂的写作时，我自己也觉得十分虚幻和心虚。说崇高神圣和灵魂的是想为自己竖一张神主牌，邪教教主就是这么说的，只有他是神圣的，只有听他的，女教徒跟他睡觉你才能达到他的境界，由他把你引向神的天国，免除灾难。我倒要问问那些自称为了神圣和崇高而呕心沥血写作的人，既然文学这么崇高，这么神圣，为什么爱好和从事这项工作的人越来越少？越来越边缘化？如今文坛有多少作家是真正崇高和有灵魂的？神圣的作家和崇高的作家，在中国当下屈指可数，寥寥无几。更多的倒是一些情趣和道德品质低下者，一些比工人农民更暧昧的人，更没有思想和立场的人，不敢发出声音和说话的人，不敢表达自己的政治态度，没有爱憎，苟且偷生，追名逐利的小人和庸人。如今庸俗的、低俗的、占山为王的、圈子的文坛，岂敢奢谈崇高，你真的相信他们是人类灵魂的工程师？他们有什么担当？有什么真知灼见？对中国的现实和令人忧心忡忡的未来发展走向，有什么负责任的思考和引导？文坛某些人唯一的优越感就是有人能给钱他们能给他们名，而更多的是官方给予他们的。他们用同谋式的沉默、表态和作品的献媚来获得一般民众无法获得的东西，生活优越，在瓜分社会的利益方面甚为贪婪。当他们谈那些令人崇敬的，只有圣者和先驱们才配的字眼如崇高、神圣、灵魂时，我真的会为他们难为情，是一种像煞有介事的表演和虚伪矫情的布道。

一些跟我的过去一样的人，我回到家乡大家对我知根知底，说你过去就是个驾船的，无业游民，后来没有单位了。许多作家跟我是一样的嘛，就是社会闲杂人员、无业游民、半文盲、文学投机分子，只不过机会比人好些，占的位置强些，各种原因有了一点点的出人头地，突然摇身一变就成了圣人，文坛的圣人，让人仰视。说穿了，把文学说得如此崇高，就是要让人仰视他，让商人为他掏钱，让女人为他献身。这仅仅指的作家，还有与文学紧密相关的文坛官场，更是充斥着腐败的气氛，基本没有了文学精神，没有了文学氛围。干的事与文学没有什么关系，对文学也谈不上热爱，作家倒是被边缘化，挤到最没有地位，最不起眼的角落；文学刊物呢？文学刊物的编辑已不是二十世纪八十年代的编辑，对文学没有热情，也不怎么懂文学，刊物成了他们敛财逐艳的欢乐场、自留地。业余作者们想发一篇作品是非常难的；再就是文学批评界，有两种批评现在最盛行，一是有偿评论，给钱才写文章；二是专写对年轻一点儿，有姿色一点儿的女作家的评论。这两种文学评论文章大行其道。再就是圈子评论，大大小小的圈子，或者说一两个圈子已经控制和左右了中国文坛的生死动向，他们倡导的写作成了刊物和出版社的热门货，成为政府奖、民间奖的得主。文坛其实成了一个腐败丛生的、无赖横行的、在温柔之乡醉生梦死的、与不义不仁和罪恶沆瀣一气的、最没有血性的、无所事事的另一个商场、官场和名利场。

作家不是圣人，不是圣者，只不过是一个写小说的人。语言比我们用得漂亮些，思维比我们发达一些罢了，写作是一种很普通的职业，他们不过是沾了文学的光，是文学照亮了他们，文学就像景观灯一样，在漆黑的夜晚，把他美好的部分突出了、美化了，把他的丑恶的部分隐去了，如此而已。

我刚开始是比较喜欢文学，爱看书。因为我的性格比较内向，不爱说话，在人的面前，不管是生人还是熟人，是家人还是家里来的亲戚，我都一概不爱搭理，我的性格是从我父亲那儿遗传下来的，我父亲是个有严重口吃的人，不善交际，家里交际的事全是我母亲，比如，我弟妹就继承了我母亲的性格。这样因为我从小非常腼腆，别人说我像个女孩子，家里一来客我就躲到房里去了，吃饭时端个碗也到房里，或是屋外，边吃边看书。就是这样，我爱看书是为了打发家里来人的时光，是为了弥补我先天的性格缺陷。我的父亲可能认识几个字，他是裁缝，因为来人了要开做衣单，大约也就小学二三年级的文化，母亲则是文盲，家里根本没有书，书都是找人借的。因此我庆幸我出生在一个小镇而不是纯乡下，小镇上的人，有书的多，千奇百怪的人都有，同学之间总能借到书。还有一个供销社的收购门市部，经常收很多旧书，我们可以用破烂换。我们那个镇叫黄金口，虎渡河边一个热闹的码头。我前面说了，为什么那么多大作家都出生在小镇，真的是有原因的，小镇对文学的滋养的确是非常巨大的。小镇是风俗的交会地，信息也灵通，不像乡村那么封闭，南来北往的人也很复杂，一个少年对世界的好奇心很容易满足，令人眼花缭乱。但是这种信息啊、人的来往啊又是在一个小的空间里，大多属传说，不像在大城市，说有什么事什么事，传得快，也多，但都是未经证实的。来了个什么外地人，也很快能知道，但同时是神秘的，你不知道这人是来干什么的，他与这个小镇的什么人有什么联系，瓜葛。各种奇怪的传闻有些是在纯粹的乡村绝对听不到的，还有茶馆，各种各样的说书人，打渔鼓唱道情的讲评书的，玩龙灯划龙船的……比如，我们那时就能知道许多稀奇古怪的事，说在东北冬天拉尿，拉出的尿立马就会变成棍子；拳击运动员首先要把鼻子里的骨头全部割掉；还说达赖喇嘛在北京拉的大小便都要运回西藏制成药丸让信徒吃的；等等。你年纪很小，足不出户，就知道这一些怪事儿，这对小镇的少年真的是一种刺激。小镇因为水路畅通，一些外地人到来，会有许多让我们兴奋的事，我在我的《小镇逝水录》里多有记载，可谓形形色色，他们的身世，他们为何来这里，都会有许多传闻。

书当然是很重要的，但小镇的生活和熏陶对我同样是重要的，非常重要。

因为家里穷，买不起书，除了借，也偷。老话说偷书不为偷。学校放假，我们就到学校去偷，办法是翻窗入室。所以，那时候，在当时流行的和批判的小说我们都看了一遍，那时候也没有作业，不像现在的孩子这么苦，唯一的就是看小说，好像我们小镇的孩子都喜欢看小说。当时能看到最好的书就是鲁迅的，我们镇书店隔三岔五地就会进一本鲁迅的书，当时鲁迅的书不是一次出齐，这个月是到《彷徨》，过两个月来《呐喊》，再来什么《朝花夕拾》《故事新编》，又是什么《野草》《两地书》《而已集》《且介亭杂文》《且介杂文二集》《中国小说史略》，等等。因为时间间隔长，又不贵，一般一两毛钱，我都买，现在，我四十多年前买的这套鲁迅书依然保存完好。也可以这么说，在中国真正有特点，语言能吸引我的只有鲁迅，其他如茅盾、巴金等的小说只有故事，而没有让我们在写作上可借鉴的东西和模仿的冲动。鲁迅的风格真的非常怪，非常的黑色幽默，非常的孤俏，有一点儿恶作剧，有一点儿偏执，有一点儿恶搞，有一点儿不近人情，都深深地影响了我。我以后写日记写点儿不能发表的散文，基本上是模仿《野草》的，《野草》把人的孤独感写到极致了。当然还模仿他小说中的语言和行文风格。他的语言和行文风格适合青春期叛逆、孤傲的我，对年轻人，绝对是有吸引力的。

那时真正的写作几乎没有，谈恋爱，为打动女方写点儿故作伤感的文字，这也是鲁迅风格很擅长的。能写点儿东西的人，在当时的社会中很受人尊敬，就算是不写小说，也能迅速改变命运。我数次改变命运都是因为能写，还包括能画。1974年我十八岁，去闸口电排工地推石头，上水利，因为能写，把我弄到工地指挥部政工组，第二年到公安县电厂搞外线工，因为能写，包括写标语，又弄到了政工组，而我当时不过是亦工亦农，坐了办公室，许多正式工还得在外爬电线杆。又因为我能写，这一年被派到县委工作队给一个副县长当秘书，驻队。1977年正式招工，所有人都上了船当了水手，又因为我能写，留在了岸上办公室。后来，又因为我发表了一些诗歌，借调到公安县文化馆。

我是一个高考落榜生，在当时，我其实是不甘在县城工作的，想到外面去，像我的那些考上大学的同学，这也是促使我拼命写作的动力。那时候的写作，根本就是跟风式的写作，很臭的写作，你说我是为了祖国，为了人民，为了良心，为了责任，那纯粹是扯淡的鬼话。写作的理由其实是非常实际的，任何人都如此，每一个时期写作的理由也不同，但总的是没有那些么高尚，境界也达不到有人胡吹的那个层次。后来，因写作漂亮老婆也得到了，工作问题也解决了，又考上了武大插班生，写作一步步改变了命运，终于去了省城，当然就想小说写得更好一点儿，名气更大一点儿，钱赚得更多一点儿。于是，和所有的写作者一样，去拼命地打通一些关节，挖空心思地修正写作策略。我也写过电视剧，写过流行小说，想写系列，有一个水手系列，有一个郎浦系列，怎么写都不火，后来干脆不写了，跟人去搞生意，赚钱。二十世纪九十年代中期，有一年还赚了十来万，后来还是想写小说，有点模仿他人的写作，追求短语、黑色幽默，写了大约十来篇，也没有引起什么反响。那时我的写作是绝望的，那种绝望的情绪左右了我许多年，导致出现了幻听，耳边总听见有人唱歌，这种情形有两三年，竟不治而愈。真正治愈我的就是神农架，就是在神农架之后，回来我的许多身心疾病都好了。到神农架也不是为了去反映人民的苦难的，不是为了成为圣者的，因为当时我小孩考取了大学，人生有一种解放感，没了事，心情非常松弛，就想出去走走，这样就去了神农架。这一去，使我的写作出现了翻天覆地的变化，出现了飞跃，竟然一篇比一篇响亮，几乎篇篇都在文坛引起了反响，什么中篇小说奖都获得了，成了获奖专业户，连我自己都蒙了，不知道是怎么回事，也没有什么狂喜，心如古井，非常平静，只是感觉过去我渴望的都得到了，人也牛了，有了点派头了，可以对人爱搭不理了，可以发点儿小脾气了，可以很直率地批评人了，可以跟人谈文学了，也可以说什么灵魂啊、崇高啊这些过去不敢说的字眼了。

但是我要说，我对写作的认识依然是在世俗层面的，谈不上什么神性。我想得到的就是希望受人尊敬，给自己那个普通的家庭带来一些荣誉，生活带来一些改观。自己做一个有身份的人，不再是那种背景非常复杂，什么乱七八糟的事都做过，什么单位都待过，船古佬、电工、农民、编辑、乡下人、生意人、二道贩子、给人配制药酒的假郎中，还有各种不良的习气，给人的感觉就是一个社会闲杂人员、流窜犯，因为我们也不上班，也没人管，又不修边幅，弄得不好，就是一个游四五荡的街头混混——游四五荡是我们荆州话，就是甩袖子玩的油子哥儿。

作家的不良习气是很多的，一般都容易激动，感情用事，不计后果，所以历次政治运动作家首当其冲挨整，是有道理的，在我们的生活中，一般人都不喜欢作家，大都是举止古怪，性情偏执的人，约一半的人有精神病征兆。有的是天生的，有的是因为写作而导致的精神紊乱，比如我，我今天在这里说，多年前我就吃过抗抑郁的药。这样如果你不写出一点儿东西来，写出一点儿让人佩服的作品，不仅会让人讨厌，也基本是个废人。

寻求尊重，就必须在作品中显示自己，追求一种比较高尚的、宽厚的人格，比较注重以诚相待，以真诚的力量去打动读者。这样，逼着你的人格完善，不断调整自己的精神状态，向崇高的、高尚的东西靠拢，让自己的精神乃至那个虚幻的灵魂平静下来，得到一种慰抚，一种休息，这倒是写作的功劳。就算是打扮、美化吧，他也要把自己打扮成一个比较完美的，有学养的，有教养的，有道德的，甚至道德高尚的人，让自己有一些光辉。

的确有一些作品看起来受人尊敬而人格人品低下甚至龌龊的作家，这些作家的人格是分裂的。并不是说你写了高尚的东西你就很高尚，文如其人有时候也并非如此。

另外，在写作中迫使你不断提升自己的思想水平和语言能力，思考一些别人来不及思考的东西，那你就走在了别人的前面。写作的确能使自己达到一种完善状态，并能为自己的形象产生很好的塑造作用。因为社会给了你荣誉，别人也尊敬你，你要想我可不可以再完善一下自己，这么多缺点可不可以改正一下？写作的确也能让自己进入一个新的境界，常常能为自己努力的成效累积自信和本钱。写作是有光的事，是有面子的事。写作者他写作，就不可能去贩毒了，去盗墓了，也不可能去卖淫当妓女了。因为那是黑暗中的、阴暗角落的事，而文学是阳光下的事，充满光芒的，能把人镀亮的，有时就是为人镀金的。

我说过文学是有光的，我今天回顾自己，我真的庆幸我爱上了写作。我这些年也常常回到我的那个小镇，因为没了房子，家人也搬走了，房子早拆掉了，故居之上成了别人的油菜地，我每次都是过年回去，过年回去总是看到那儿栽种着油菜。我看到那个小镇非常颓败，我家左右竟出现了一个陈年垃圾场和两个坟堆，荒凉不可名状，而当年那个小镇是非常热闹的。最让我吃惊的是，我见到的一些儿时的玩伴和当年的同学，那些做手艺的依然在做手艺，有的在修车、补胎、打铁、搬运，一个个都老了，表情呆滞麻木，小镇的生活是很容易让人衰老和迟钝的。这些人房子做大了，家里没有一本书。看着他们麻木的，没有朝气的神情，随便肮脏的穿着，真的很难想象我们曾经是相同的人。

我还看到另一类人，吊儿郎当的，抱着个茶杯，叼着烟，趿着破拖鞋，在街上乱窜，这家坐坐，那家站站，典型的游手好闲的小镇人，老油子，老浑蛋。我就想，如果我当年也不读书，也不努力走出去，我是不是现在的结局与他们一样呢？答案是肯定的。在他们的身上，我看到了自己的另一个影子。如果我不是踏上了文学的路，让文学改变了我的命运，我现在会像今天这样人模狗样地站在大学的讲台上，且还是家乡的大学讲台，会跟你们胡吹乱侃文学这么高雅的问题？我还不是在小镇上混吃混喝混阳寿的老油子、老浑蛋、老不死的。想起来都害怕，背脊发寒。真的是文学照亮了我，为我镀了一层金子，让我今天成了受人尊敬的长者。就是这么一个低贱的人，由蛹而蝶了，得道成仙了，身份变了，有了头衔了，与过去的生活完全不同了，吃起饭来还有可能坐在上席上。其实，这不过是高攀文学的结果。

让自己成为一个人，一个不要太过堕落的，不要太过颓废，太过早衰老的人，一个能受人尊敬的人，一个享有自己独立意志，心灵自由的人，这就是我写作的理由。

当然，现在已是人在江湖，身不由已。为了保持自己的荣誉和名声，不要让别人说你江郎才尽，你还得不停地努力，不停地行走、寻找和写作。我今天来到荆州挂职，就是自己这种写作心态和存在状态的体现。不停地显示自己，虽然是一种虚荣心作祟，但它也给自己的写作提供了新的动力，心态永远年轻，永远有着进攻的冲动和表达的欲望。在此，我真正要说一声，感谢文学，感谢写作，是写作拯救了一个人，从这一点来说，文学对人的作用是十分巨大的。这也就是文学的成功，大家明知道十分艰难，但爱好者却源源不断，前仆后继的原因吧。

为什么要底层？

·在“海外比较文学与中国文学协会（ACCL）双年学术会议”的演讲

底层文学现在是热闹了，有大量的人研究底层文学，有大量的人诋毁底层文学。其实当大家都在言说底层文学的时候，对它的概念并不是很清楚，就在那儿大声发言，没看这些人的作品也敢跟人起哄去否定底层文学。而底层文学的成就在当下文学中已成为巨大的事实。人们在谈二十一世纪文学的时候，无法绕开底层文学。据我所知，这几年有几个全国性的文学理论会议都曾专门讨论过底层文学。底层文学是一个特指，是指二十一世纪以来，自 2004 年前后出现的一种小说叙事方式，且主要指中篇小说，后来扩大和延伸到长篇小说及短篇小说。现在说很久前的写作都是底层写作，二十世纪八十年代就有，这是一种无知。过去有作品写底层，但不是现在文坛所说的“底层文学”，这是完全不同的概念。底层文学作为一种存在，是无法否认了，作为一种健康强壮的文学现象和文学潮流也势不可当，且在深入之中。

所谓小人物的文学、革命的文学、左翼的文学、工农的文学，都是指向底层的，这在中国本来有传统。但是后来，由于社会阶层的急遽分化，革命带来的虚假狂欢的结束，使得底层变成了一个写作盲点。或者说真实的变化的底层遭到了文学的遗弃和冷遇。底层文学是一种写作方法和写作信仰。底层文学与新时期文学的寻根文学、新写实和先锋小说有一点点亲缘和递进关系。它寻的根是现实的根，不仅仅是文化的根。它比新写实和先锋小说更有明确的立场，更惊心动魄和尖锐，对社会问题和底层生活不是暧昧琐碎的展示，而是勇敢迅猛冷峻的批判，我认为，它应该属于最严峻的批判现实主义。底层文学应该是一种前夜式的写作，是革命的前夜？巨变的前夜？……但它的确有着前夜的征兆。对它的认识可能也许要在十年二十年甚至五十年后。现在讨论好像有点太早了，也无法认识到它曾经出现和存在的价值。

文学为什么需要底层？当下的现实比任何时候都提醒我们不要忘了底层人民生活的经验价值，这不仅仅是一种情感问题和写作尺度，在经济文化全球化、资本流通权贵化的压榨之下，底层经验是中国唯一幸存的民族伤痛的记忆，也是一种中国文化的顽强遗存。当所有美好的东西都在分崩离析的时候，底层是仍在呜咽的传统的美丽声音，是一股持续不断的民族精神的热流。

为社会底层的文学是一种深刻的洞悉和挚爱，是一种温润的情感表达，是一种思想自觉和艺术倾诉的自觉，也是一种人生信仰的自觉，是一种敏锐，是一种被社会思潮、生活潜流和百姓情绪裹挟的写作。作家必须关心人类生活，写作者必须有他的坚定的立场和写作指向。没有底层文学，我们无法给时代留下文学的声音，历史将会出现空白。写什么困扰着当下许许多多的作家，面向底层考验着作家起码的感知能力。现在许多作家冷热不知，好坏麻木，是非不分，使得文学的存在成了一个不断被社会道德底线和良知考问的尖锐问题。

底层写作是一种控制的艺术。底层文学不是激进文学的代名词。当你需要社会底层推进你写作的深度的时候，你必须相当克制、冷静和客观，不做恶意的贬损和发泄，没有恶搞，讲求事实真相。如果我们不得已“出离愤怒”（鲁迅语），但必须保持憎恶的冲动，作家没有憎恶感，他如何对另一些人和事倾情热爱？否则所谓的热爱就会是矫情的，虚情假意的。憎恶会让人敏感，强烈地感受到社会不平对底层压迫的峻急，生活中强烈的遭遇感的写作正好克服内心的焦虑，它使作家充满战斗性和爆发力，作品有着警觉、疑问和追逼的张力，回归人道主义的写作传统。

创作固然是对往旧写作方法的离弃和背叛，但唯一不能背叛的正是自己的良心。它与个人的好恶有很大的关系。而个人生活的印痕是与他掌握的对社会了解的程度和生活资源的多寡紧密相关联的。你知之不多，两眼清静你可以不写，我若看见了我不写那就是违背我的良心。知识分子应该有起码的诚实，提倡一种诚实的写作，是我们当下最最需要的。不能因为过分追求所谓的和谐而篡改、掩饰真理和真相，那些破碎的心灵不仅需要抚慰，社会的裂痕也需要修补。我们这个时代的包装过度，使语言有许多外衣，缺少了它应有的功力。推崇诚实的写作能将底层的生活最直接地展示出来，让文学真诚朴实，让人们知道生活的艰辛和人性的伟大、善良、坚韧，从而唤起人们生活的信心、斗志和勇气。

对底层道义上的支持，是文学基本的要求，是作家必须经受的一种精神折磨。我们的文学被商业和权力的败坏十分严重，进而被迫转向享乐主义。而享乐主义导致的后果就是文学的时尚化、庸俗化和轻松化。关注底层使我们的文学保持一定的警惕、单纯和进攻性，用我们的作品与底层人民站在一起呼吸和呼号。文学不敢直面现实和底层，但装神弄鬼，装腔作势，装嫩装嗲倒是很有本事和市场的，底层题材与极其势利的写作势不两立。底层文学所表现出的专注、执拗和始终如一的信念，正是我们文学人精神品质的缺损点。

而关于所谓血腥暴力和道德制高点的问题。如果血腥和暴力是因为制度引起的，我们为什么要责备作家呢？作家做错了什么？暴力和血腥不是作家煽动的，是社会问题激起的，责备作家十分荒唐。关于道德，我们不能把道德的责任推给别人，你自己难道连写作道德也不需要了吗？底层现在还剩下什么？除了一个道德的制高点，它还剩下什么？在这个各阶层纷纷争夺瓜分资源和财富的时代，底层并没有分到什么，他们已经所剩无几。美国的爱默生说：“物资的贫困是滋养美德的沃土。”法国作家卡里埃尔说：

“贫瘠的土地可以使悲惨的命运处于纯洁和神圣的状态。”他们用只属于他们的贫困保存了我们这个社会的美德和心灵的纯洁，我们难道不应该感激他们？不应该书写他们？如果写作者站在道德的最低点才是不可理喻的。一个作家不会傻到以一个道德的制高点就以为解决了所有写作的问题，他依靠的还是艺术的魅力来征服人的，这一点只是有些否定底层文学的人不愿承认罢了。其实如今的读者对文学作品的阅读是十分挑剔的，如果他不能感染和打动读者，就算他喊一万遍农民万岁工人万岁，喊一万遍贪官该杀奸商该死，读者也是不买账的。现在，底层的道德状态像一座正在融化的雪山。如果我们无视他们的命运不去进行抢救性的发掘和记录，这才是没有道德的，没有敬业精神和责任感的。

我不知道我是什么文学，我的写作不是遵循任何主义，我或许只是发自我的内心。我读书、挂职、下乡、写作，匆匆忙忙，没有时间焦虑。每天都在大量的新鲜事物和新鲜空气中生活和行走，感受社会真实的脉动。我以最短的距离去迎接和拥抱我内心的冲动，并且忠实于我的内心感受，决不进行与感受无关的所谓艺术处理。我是以真实作为出发点，加上极其自我的艺术构造来打动读者。我并不想用所谓道德来哗众取宠，那只是虚伪的道德。我认为，“道德”两个字也是某些批评家和道学家们杜撰和生造出来的，对底层人来说，他们根本不需要也不必谈道德。现在他们谈的是生存问题和做人的尊严。道德是一块遮羞布，是有闲阶级们谈论的玩意儿。底层人在所谓群体性事件中的出现，肯定不是对道德的炫耀，而是生存权的呼吁和斗争。道德是男盗女娼、腐败堕落者们最敏感也最喜欢玩弄的词汇。

心甘情愿做一部分弱势群体的代言人，这与高尚的道德无关，也不是一种写作方式的简化，倒是我自己认为给自己增加了巨大的写作难度，回归生活就是对自己的严峻挑战。我需要底层是我自己身体和生命的需要，是寻找激情和力量的需要。我不否认我是一个底层文学作家，我也不仅仅是一个底层文学作家，我认为我是写鲜为人知的深山生活故事的作家。比如，我的《松鸦为什么鸣叫》写的是山区车祸；《豹子最后的舞蹈》写的是一只豹子濒死心态；《马嘶岭血案》写的是一桩深山血案；《太平狗》写的是一只山狗来到城市的传奇经历；等等。说它们是底层不如说它们是生活的最深处——那些我们城里作家没有注意的角落。它肯定是文学的，与观念和主义无关。作家应该表现最独特的生活场景，这就是我写作遵循的准则。

用小说表现神农架文化

·在湖北省图书馆的演讲

何谓神农架文化

大家知道我写的小说是表现咱们鄂西北山区神农架生活的，被文学界称为“神农架系列”小说。许多评论家就认为我表现了神农架文化，又说我的小说就是楚文化的代表，里面写得神出鬼没，神秘奇崛，浪漫恣肆，语言飞扬灵动，等等。这种种说法只能是批评家的一家之言。因为写小说没有这么容易，而且楚文化博大精深，只是一个概念。如果作家这么去写楚文化，他的小说十有八九会失败。作家只能从大处着眼，小处着手。将文化资源变成为小说创作资源，那可是要动很多脑筋的。文化这个东西，是把双刃剑，弄得不好，鸡飞蛋打，颗粒无收，还会刺伤自己。现在写地域文化的作家非常之多，写什么里巷文化、山区文化、平原文化、小镇文化，各地又有各地的文化，鄂东、鄂西、东南西北。弄出名的只有那么几个，是极少数极少数人。很多人搞了一辈子，想把他的地域文化宣传出去，可一辈子，还是默默无闻地这么过去了。我今天就是要和大家一起探讨这个问题：怎么才能把你掌握的文化资源弄成小说，而且是好小说，能够在文坛有点轰动的好小说。

什么叫神农架文化？这个问题是个难题，你身处的那个地方的文化特质你怎么把握？好在每个地方都有一批本土文化研究专家，有许多现成的研究成果。神农架如果你们去，就会看到许多这方面的书，都是当地文化人写的。关于神农架，我想无外乎就是它的森林，它森林里的神秘。神农架文化就是一种森林文化。在这片原始森林中所生活的人们，他们的风俗习惯，他们的饮食结构，他们的生产生活，他们的民歌、民间故事，他们的道德准则，他们的世界观，应该都算作那种森林文化的范畴。

因为我不是文化研究专家，我只是一个作家，作家是很感性的，而且我对神农架文化的热爱，只是出于一种本能。也并不是说我要去搞一个课题研究，国家给了我多少资金。所有的神农架文化都是为我的小说创作服务的。也就是说，要把神农架所有一切都化作你的小说。我们所熟知的神农架，就是它的风景很美，它有野人的传说，它现在成了或者即将成为旅游的热门地。你去神农架，看一看它的风景，组团去，有人接待，有导游，吃吃它的土菜；现在神农架的土菜是很有名的，我当年在那儿深入生活的时候，土菜还没有开发。但现在，我到青天袍或者大九湖，那里的土菜馆什么都有。好像是第二次发现神农架了。像什么野花椒叶、花牛儿腿、玉簪花叶包荞麦粑。野花椒叶凉拌、下火锅，那真是绝了；这些土菜很有名，还有森林，有云雾、云海——我就写过一篇《神农架云海》，有奇特的景色，买点儿神农架土特产，香菇啦、木耳啦、百花蜜回来。但是神农架如今搞旅游开发，被弄得不伦不类了，仿佛神农架就是由几个景点组成的，什么神农坛、天生桥、大九湖、板壁岩、大小龙潭、神农谷——过去叫巴东垭，后来改成风景垭，现在改成这个名，还有太子垭、香溪源、燕子洞、天门垭、金猴岭，等等。其实神农架是一个非常丰富的、深厚的、你研究一辈子也探不出个究竟的一个神秘王国。

我以神秘为例。除了我们知道的它的自然生态中的诸多不解之谜外，比方说，那里有条很有名的川鄂古盐道，它是怎么形成的呢？一路上有多少神奇的故事？这条数百年藏在深山密林中的贩盐小径，实际上就是一条走私通道。过去我们湖北人吃的盐大多是川盐，颗粒大，腌肉最好。盐从来都是被国家控制的，因为有大量的税收，所以就催生了走私。这条古盐道留存了许多文化，每次去的人都会有新的发现。再说神农架的民歌，仅举它的锣鼓。锣鼓分为阴锣鼓、阳锣鼓、花锣鼓。花锣鼓是喜庆锣鼓，阳锣鼓是薅草锣鼓，阴锣鼓就是丧鼓。而丧鼓中的最大的鼓词就是一本《黑暗传》。《黑暗传》是在神农架发现的，这可是不得了的一个东西，一发现就轰动了世界，因为它是我们汉民族的创世神话史诗。过去说汉民族是没有史诗的，但现在神农架的发现给打破了。但也有争论，说那不叫史诗，不过大部分人还是承认它的。它就是一个丧鼓词的唱本。我去了甘孜的康巴藏区，那里的藏族有个《格萨尔王》，也是一个藏民族的英雄神话史诗，有一百多个版本。现在《黑暗传》发现了十多个版本，数千行、上万行不等。另一种薅草锣鼓也更丰富，有一首叫《黄瓜花》。是这样唱的："姐在后园薅黄瓜，郎在外边撒土巴，我的冤家，打掉我的黄瓜花。打掉公花不要紧，打掉母花不结瓜，我的冤家，哎哟也，回去我的爹妈骂。"这首歌词跟神农架的其他民歌比并不是十分精彩，如果要看神农架精彩的民歌，可到我的小说里去看，我引用了许多，荤的素的都有。但这首歌的曲调非常有特色。它基本上属于高腔，初听就像是吼秦腔；因为陕西离神农架很近，这里的文化有秦文化的影响。神农架人根据它的曲调，现在改编成了一首非常有名的山歌《神农架梆鼓敲起来》，也是一台神农架歌舞剧《神农架梆鼓敲起来》的主旋律，气势磅礴，令人震撼。而神农架梆鼓，是农耕文化和狩猎文化的遗存。何谓梆鼓呢？梆鼓就是一块木头雕空，像我们演出时敲的梆子，比它大不了多少。但很响亮，是用夜藁子木做的，敲起来清脆悦耳，但无法表现神农架那种大山的气势和氛围。它是护秋驱兽的，是一种农具，或者说是一种普通的森林中的用具。到了秋天，庄稼成熟了，野兽如野猪、熊、猴子都下山了，吃来不及收割的粮食。但现在我们看到的神农架梆鼓，一个梆鼓就是用一筒整木雕空后，用来敲击和演奏的。大幕一拉开，一根用原木雕刻的梆鼓放在舞台上，很有气势，有观赏性、可视性，有一种撼人心魄的感觉。梆鼓和梆鼓的旋律，都是从神农架民间的文化中挖掘、改造来的。

再比方说，它的野人文化。野人传说在世界各地都有，四川有，陕西有，西藏也有，西藏叫大脚怪。在湖北以神农架最为突出，多如牛毛。可是，神农架人对野人的认识非常特别，他们认为野人不是人，也不是动物，是鬼怪。它叫山混子、山鬼、山精，是介乎于人和野兽之间的一种物质。有说是一些树木石头年深月久变的，成了精；有说是秦朝避乱的人在神农架待久了，成了精，经常跑出来问：长城修完没有？你碰见了野人，只要说“修长城，修长城”，他们就会吓跑。他们最害怕的是修长城。

因为人处在那种原始和蛮荒中，又与各种野兽杂居在一起，每天看到各种各样的野兽。神农架人还有一个生命观，那就是笃信人一天有两个时辰是牲口，如果野兽要吃你时，你就是牲口；不敢吃你时，你就是人。与野兽打过交道的人知道，野兽是怕人的，包括老虎、豹子，见了人躲着走。但不怕牲口，牲口就是羊啊、猪啊这些软弱的偶蹄类动物，草食动物。人一天有两个时辰，就是四个小时是牲口，你想想看，多么神奇。人兽一体，人就是兽，兽也是人，它对我们的文学会有宽阔的启发，你慢慢进入就会构思出很好的小说。如今世界是不是有些人兽混杂？人兽颠倒？人有时候比野兽还凶残，而野兽呢？有时候比人还精明。你说他蠢得像猪，猪现在不蠢，特别是野猪，精明过人。我正是根据神农架人的这种生命观写成了一个长篇小说《猎人峰》。

再说它的酒文化，也是很奇特的。都说东北人能喝酒，其实神农架人才是中国最能喝酒的人。神农架人喝的是自酿的苞谷烧七八十度，一般的人喝八两一斤，是儿戏。有没有喝死的？有，每年都有这方面的报道，但神农架人还是得喝；神农架人待客，也是天底下最热情的。住在深山老林，来了一个人，对你是很热情的。我在神农架时，在山里跑，走到哪儿吃到哪儿，住到哪儿。到了一个地方，会有农民热情邀请你去他家吃住，那在村里他就是有脸面的，因为他家里有贵客来了。你如果要走，他想留你，就会强行把你的鞋脱掉，藏起来，这叫脱鞋留客。在山里，没鞋可就寸步难行了，你必须待在他家里。而神农架的酒规，是世界最繁缛最细致的，有一百零八种；可能是个虚数，我数了数，也不下几十种。这个我在小说里已多次写到。有什么转杯、跳杯、催杯、发杯、留杯、隔山杯、连环杯、双响炮、急流水、赶麻雀，等等。我去时，是感到很纳闷的，所谓敬酒，是你把自己的酒喝干了，再倒上一杯，送到被敬者面前，让他把你杯中的酒喝干。一个人在一个桌上，要喝所有人的酒杯，很不卫生，但很科学。过去深山老林，许多土匪、打劫的。一起喝酒，他喝了，再斟一杯还你，这表示是从一个瓶子里出来的，没下蒙汗药。这就叫敬酒。还唱歌：小的来敬酒，大的来接杯，喝了这杯欢心酒，明日再相会。这歌很简单，可改成任何敬酒词，如村民来敬酒，干部来接杯；外甥来敬酒，舅舅来接杯；妹妹来敬酒，哥哥来接杯；媳妇来敬酒，公公来接杯……这个在神农架导游小姐不会唱给你听，她们不知道，我这是在农民家里学来的。我说的酒文化不过是饮食文化中的一种。可酒文化能弄到如此精细复杂的地步，在全国是独一无二的。这是因为神农架地处高寒山区，要不停地喝酒抵御严寒，时间很多，生活节奏慢，可以慢慢喝来。一顿酒可以喝一天，要把客人待好。之所以把饮酒弄得如此复杂，这也反映他们对待人与人之间关系的淳朴和真诚的程度，把酒喝好，就是把客待好了。而这，正是我们当今人际关系淡薄的时代最需要的，这就是我下面要讲的第二个问题——

一种召唤

在我们这个时代，在全民娱乐和全球化浪潮的疯狂冲击下，我们的文化正面临着被摧毁的危险。商品经济使我们的价值体系、道德传统严重扭曲变形，而西方文化侵略性的掠夺，我们民族文化几乎丧失了最后的地盘。比方说，我们在电影院只能看到好莱坞的电影了。我们这个年纪往上走的人都知道，毛泽东时代，不是像报纸说的，只有八个样板戏，不是，可以看到很多国家的电影，朝鲜的、越南的、罗马尼亚的、阿尔巴尼亚的、南斯拉夫的、法国的、印度的、古巴的，许多小国的电影都进口，让我们记忆犹新的像朝鲜的《卖花姑娘》《鲜花盛开的村庄》，南斯拉夫的《桥》《瓦尔特保卫萨拉热窝》、罗马尼亚的《多瑙河之波》，苏联的《列宁在1918》《列宁在十月》，阿尔巴尼亚的《宁死不屈》。经典台词也很多，最著名的比方说《瓦尔特保卫萨拉热窝》：空气在颤抖，仿佛天空在燃烧……瓦尔特的口头禅：谁活着，谁就能看见！后来，二十世纪七十年代末打倒“四人帮”后就更多了，《安娜卡列尼娜》《漂亮的朋友》《白痴》《铁面人》《简·爱》《王子复仇记》《魂断蓝桥》《牛虻》《警察与小偷》《海岸风雷》《橡树十万火急》《冷酷的心》《基督山恩仇记》《红与黑》《巴黎圣母院》《被侮辱与被迫害的人》《悲惨世界》《叶塞尼亚》《傲慢与偏见》《水晶鞋与玫瑰花》，等等。现在呢？可悲，我们只能看美国大片了。一部《哈利·波特》的书，我们还要配合他们全球同时发行。我们不是在抵制西方文化的入侵吗？我们不是在每天教育人民吗？可是我们的电影局为什么这样？为什么只进好莱坞的大片？我们的宣传管理机构在干什么？我们的娱乐方式、我们的价值观念基本上是美国式的了。我们传统文化中最美好的东西，比如，礼义廉耻，善良贞洁，信誉良心，悲悯同情等，已不是人们心中坚守的东西。文学和文艺的商品化以后，为了迎合人们的心理和追逐利润，文艺作品中将道德的反叛误认为是艺术的反叛和创作，不讲信誉，不守诺言，坑蒙拐骗，醉生梦死，贪赃枉法，买官卖官，笑贫不笑娼，等等大行其道。人类的普世价值，我们民族几千年建立起来的精神体系，纷纷瓦解，真是可悲。正是基于这一点，我们必须重新找回我们的精神支柱，也就是支撑我们社会的最有力的东西，我们的作家，必须在重新修复和建设我们的文化中，充当探寻者和前锋。我认为，神农架虽然地处偏远，落后，也有些愚昧，但是，正因为如此，它保存完好的、还未被污染和侵犯的美好的文化体系和道德体系，正是这个时代所亟须的。

另外一点，我们看到的如今城市盛行的旅游热，回归自然，返璞归真，其实这中间潜藏的是人们心灵的一种渴求。风景是一方面，灵魂得到净化却是最主要的。这种森林文化、农耕文化、狩猎文化中纯净的、安宁的、美好的东西，可以医治当下社会唯利是图给人带来的各种顽症，抚平你内心的惊恐和烦躁。山里的孩子是怎么生活的，山里人是怎么待人的，他们的社会结构和对世界的认知，他们的生活态度、生存方式，他们的劳动，他们的欢乐，对那些走近他们的城里人，会产生巨大的冲击，主要是心灵的冲击，有时候会使他们彻底改变人生和命运。

以我为例，神农架应该是与我没有关系的，一个作家应该写他最熟悉的家乡。我过去写过，写过我们的江汉平原。但是，我是一次偶然的机会与神农架相遇，就再也离不开它。我记得我第一次到神农架去的时候，就对它的自然景观产生了强烈的热爱和冲动。一走到神农架，树上全挂满了苍苔，那些人面目古朴、和善慈祥，那种表情是我这个长期生活在大城市的人从未见过的，跟我们江汉平原的农民也不相同，可以说，只有桃花源里的人才有的那么一种安乐祥和的表情，他们的生活让我迷恋。上了山，我看见那些柿子树挂着一树树的红果，一队红腹锦鸡在天空中滑过；走进箭竹林，更让我惊奇，那些箭竹是一丛丛生长的，每一丛大致都是长方形，长方形与长方形的间隔又是大致相等，往山上看去，像是人工栽培的。问当地人，说是自然生长的。我当时就感觉这是神仙栽下的，这个地方绝非是俗人待的地方，而是神仙们住的地方。这个山有许许多多的神仙。看来，山是有暗示的。后来我才知道，神农架人是将一切如树木、石头、山、草，都神灵化了的，万物皆有灵。可以将一棵树拜祭成干爹，一块石头也可以当干爹。

从那以后，我就想到，以后我一定要到神农架去。这一愿望在二十一世纪初终于实现了，我突然决定，一定要去神农架挂职。在那里，我这个城市饥渴的人，一个作家，我认为我得到了前所未有的滋养。有评论家说过，你陈应松过去也写了不少小说，为什么一去神农架，你的小说就突然受到了关注？一个作家的写作应该是有连续性的，可我的神农架小说与我过去的小说完全不同，找不出一点儿蛛丝马迹。比如，《松鸦为什么鸣叫》《狂犬事件》《豹子最后的舞蹈》《望粮山》《马嘶岭血案》《太平狗》，几乎篇篇都被选刊选，获得了包括鲁迅文学奖在内的各种中篇小说奖，这是什么原因呢？我自己也在问自己。

原因就是：神农架是一块极有营养的土地，而最大的营养，就是它的文化，它的人民。就是这些山民和他们创造的文化，你深入进去了，你对这座神奇、神秘、神话般的大山就有了更深的体会和了解。你所接受到的文化信息就非常丰富。我记得我在神农架之初，一个当地朋友对我说：凡是到神农架来的人，各行各业的，最后都是满载而归，都搞出了名堂。他举例，有研究鱼类的，到神农架来，就发现了几种山溪河的新鱼种；研究植物的，也会发现新的植物；研究民间文学的，还有外国汉学家，回去写神农架，引起了轰动。上海华东师大一个叫刘民壮的教授，九上神农架，写了一本五十万字的书，叫《中国神农架》；十堰有个摄影家，开个破吉普，在神农架山里钻来钻去，后来出了三本精美绝伦的风光画册，把神农架的神韵拍得淋漓尽致。那位朋友说你肯定能回去后写出好东西来。结果此言不虚。我想，原因多种多样，最主要的就是神农架的东西太深厚，你去挖掘，有无数丰富的宝藏。我的小说也只不过证明了神农架朋友的预言是对的。虽然目前神农架是个旅游热门地，但它的人文景观绝不比它的自然景观差，我认为还依然是养在深闺人未识。重要的是，我们要去发现我们自己本土的文化，用它来抵御外来文化的入侵。我们的文学必须深深地植根于我们自己的土壤，它才会有振聋发聩的力量，高瞻远瞩的目光，它才能发出它独一无二的声音。

现实的生存·草根性

作为一个小说家，我在这里讲的文化，是一种活的文化，是活在当今人们口头中和生活中的文化，而不是一种僵死的、成了历史的文化形态。文化只有流传，只有使用，才能有光芒，才能进入到文学作品中。就算某种文化是死的，作家也要将它复活，它才能有意义。我这里要讲的一个最重要的观点——文化是一种现实生存。

有研究地域文化的说，神农架文化也是一种楚文化，而我的小说明显是带有强烈的楚文化特征，这个我不否认。但一个作家，为了去在作品中有意突出他的地域文化，他肯定会失败。写作者只能关注现实中的生存，而比楚文化更加深奥、繁杂、特殊、神奇的某一狭小地域的文化，对作家来说，也许更有益处。真正激发作家创作灵感的，也许是一首民歌，也许是一个传说，也许是一个民间故事，也许是在山里碰到的一个人、一件事，或者一只狗、一棵树，都有可能成为作家活生生的素材，引发他的创作灵感。

地方文化只是一种小说的经验，而不是小说的全部。也就是说，地方文化可以使小说更丰满、更丰富、更丰厚，它是为小说服务的。何况，地域的文化本是从人们的饮食、习俗、宗教、道德的坚守中透出来的，他坚守着这些东西，才形成文化形态，而不仅仅是某些形式，如宗教的仪式、婚丧嫁娶的仪式。一个作家所要书写的文化空间，是靠物质填充的，也就是说是用整个生存现场去演绎完成的。

不知道我说明白没有。换言之，不要去刻意表现文化。我们过去看到过许多这样的小说，靠文化来堆砌，写什么风景的，写码头，写里巷，写来写去就是不写思想，不写真实生活的严峻性，不写现代人们思考什么，我们的社会究竟向何处去。沉浸在地域文化的品质中固然是一种热爱，但作家必须把你的灵魂加入进去，浸透进去，这样，你才可能体会得到更深邃的文化所蕴含的民间智慧，它里面所透出的巨大信息。以我的一个长篇为例，它叫《到天边收割》，前面引用了一首神农架民歌："娃儿乖，你各睡，隔山隔水自己回，虫蛇蚂蚁你莫怕，你的护身有妈妈……"这首民歌有着许多令人遐想的内容。它是一首摇篮曲，唱的是怕小儿梦中睡着了，他的魂走远了，小孩子玩性大，回不来，魂就掉了。做妈妈的就这样唤回小孩子的魂魄，不让他迷失。千万不要走远，走远了要回来呀。你看，我这么说了，是不是有广阔的书写空间了？我先是从这里虚构了一个中篇叫《望粮山》，现在则是把它写成了一个长篇。这个小说就是写的寻找母亲的故事。这位神农架母亲是被这孩子的父亲打跑的——神农架深山老林家庭暴力是很厉害的。后来这孩子就去找妈妈，妈妈找到了，由于对原来家庭的恐惧，母亲不认这个孩子。这孩子去时剃了个光头，而这孩子的父亲过去也是剃光头。母亲离开家时这孩子才五岁，现在是二十岁出头了，极像他父亲。这就吓倒了他妈。他妈就不认这孩子，内心的恐惧本来忘记了的，一下又唤醒了，就给了这孩子六千块钱；这母亲过去在神农架喂猪，现在喂猪发了，成了养猪场场长。孩子拿了这六千块钱哭着离开了母亲，到十堰市去打工。山里的孩子，没见过世面，不会忍耐，因为长期没有母爱，人格出现问题，性格变得乖戾、狭隘，思维还停留在母亲离开时的五岁的时候。后来与人生了仇，被人打伤，但他也把别人杀了，开始了逃亡之路。后来跳崖捡了条命，但最后还是被抓住了，判了死缓。他要求再见一次妈的面，这个愿望实现了。我写的是一个没有母爱的孩子的悲惨经历，这个小说就是一首民歌给我的启示。

我的另一些小说，有的是根据某个事件有感而发的，比如《狂犬事件》《马嘶岭血案》；有的是一个民间故事的启发，比如前面提到的《猎人峰》；有的是因为认识到某一个人，比如《云彩擦过悬崖》，就是采访了几个神农架瞭望塔守塔人后，写了这么一个恪尽职守的守塔人。

有了这些灵感和素材和构思，你怎么保证你能把这些小说写好呢？光讲文化别人还是无法对你的文化产生兴趣。我前面用了一个词叫"生存现场”，用通俗点儿的话就是要有大量的好故事、好细节来填充你的小说。许多看过我的小说的人说，你的小说中那么多神奇的东西，神农架真是神秘呀。这就对了，我表达了神秘这种神农架文化的特质。比如，《松鸦为什么鸣叫》中那块挂榜岩上的天书，还有一到要死人翻车前松鸦就会大叫，路上会有与你开玩笑的死去的冤魂；《狂犬事件》中，人得了狂犬病会怀狗崽，吐出的血块和屙出来的血块都是狗形的，死后肚子爆炸，炸出来的是三个小狗崽；《马嘶岭血案》中，一遇刮风下雨山顶就传出来的万马嘶鸣和枪炮声、喊杀声；《吼秋》中，快滑坡时大山开裂，千万只蛐蛐跑了出来；等等。这些看似与文化无关，可它就是实实在在的文化，是形象化的文化，是神秘文化，是生活化的文化。有的人正是看了我的这些小说中神奇的故事，才跑到神农架去旅游的，我多少为神农架旅游做了点儿好事。

此外，我还在小说中尽量原汁原味地写了山民的生活，虽然有点贫穷、脏乱，但对神农架文化的宣扬和传播，却是起到了正面作用。

我认为一个作家不是刻意地去写文化，但用鲜活的艺术形象去顽固地宣扬某种文化，是这个作家成熟的表现。因为地域文化的混沌状态和民间智慧，它的草根性质是文学真正的筋骨，也是文学的氛围，失去了它，文学就失去了特色，就会变得贵族化，没有生机，失去活力。通过文化的这一个通道，我们很容易进入到我们中国社会的深处，与时代形成紧密的呼应，就可以参与中国社会变革的进程。在现实生活中汲取创作灵感和营养，汲取激情和思想。

草根性正是我们地域文化的又一特质。我们的文学目前正在成为某种社会发展进程的障碍，还不仅是边缘化的问题。前几年，我说过需要寻找一种野生的小说，就是说在小说中找到一股很浓的大野草莽的生存气息。作家在这几十年里，渐渐地去迎合和适应主流话语，让文学变得乖巧；有一部分是主动迎合的，有一部分是通过摸索，找到了一条适者生存的路。因此，文学的气候与政治的气候合流了。二十世纪八十年代，伤痕文学当时远远走在政治的前面，它唤醒了社会的良知，才有了一系列的社会变革，各种改正，“拨乱反正”。但是文学永远是被动的，政治有可能会带给社会意外的惊喜，但文学的这种迎合姿态，就当然只能永远成了某种附庸，甚至是累赘，不会有什么惊鸿一瞥。我们如今的作家是被圈养的，稍微有点成就的作家，几乎全是体制内作家，在思想上和艺术上都慢慢变得循规蹈矩，贵族化，或者装模作样的假贵族化，正在作家中蔓延。这些作家经过数十年的挣扎，由知青，由教师，由工人，由农民，由右派分子，渐渐成了当前社会既得利益集团中的一员，对现实采取了缄口不语的态度。所谓亲近工农大众，只是在某个精心安排的活动中、场合中，做做样子。但是有些作家正感觉到这种危险性——这种姿态可能会毁灭自己，于是尽量地使自己保持战斗的、野性的、草根的、散养的、民间的姿态。我说的是包括政治立场和艺术态度两方面。小说必须是粗粝的，而不应是精致的；是民间的，不应是官办的；是山野的，不应是庭院的；是底层的，不应是上流社会的。基于此，我们只有走到田间地头，深山老林，去拥抱地域文化，就像杂交水稻一样，用野生稻作为父本，这样它才有抵御病虫害的能力，植株强健饱满，才会有优良的品种。

我希望在座的朋友中，有立志于文学创作的，应该多研究我们的本土文化，多进入底层的现实生活中，让我们的作品成为底层社会的代言人，成为具有生气勃勃和大野草莽气息的“草根性”作家。待在家里客厅里阳台上是不会有什么出息的，不要抱侥幸心理，不期望有捷径，不指望胡编乱造能让自己名利双收。只有你的双脚沾满了泥巴，你才真正懂得了生活，懂得了什么是文学，你的作品才有可能是好作品，这个文坛才有你的立足之地。

写作的两个问题

·在广西作家高级研修班上的演讲

为什么写作?

我在来北海的车上跟鬼子说了我要讲这样一个问题，他说在二十世纪八十年代初的《世界文学》上，有几年有一个对中国作家的问卷，即：你为什么写作？可惜我没看到，因为八十年代初我写诗，没订这个刊物。我这两天刚好看到有一篇文章，提到法国的《解放报》曾经为各国作家设计了一个问卷："你为什么要写作？"问到你们广西籍的作家白先勇——他是白崇禧的儿子，白先勇回答："我想把人类心中无言的痛楚转换成文字。"这只是一种说法。如果我现在给你们一个问卷，你们都可以回答。但回答了并不表明你们已经清楚了为什么写作。写作的理由是千奇百怪的，有的是从小爱好，有的是受周围人影响和刺激，有的是受虚荣心的驱使，因为要出名嘛，雁过留声，人过留名。有的是写着好玩儿，写着写着也写出点儿名堂来了，越写越喜欢。但再往上又上不去，这种情况最多，处于不上不下的黏滞胶着状态。

我们先不管你是什么原因爱上写作，你既然踏上了写作这条路，既然你承担了这么一个社会角色，被人称为作家，你就要承担它所有的鲜花与荆棘，你就要像个作家。有的社会角色是很清楚的，比如律师，就是替人打官司的，做辩护的；老师是教书育人的，传道、授业、解惑的；医生，救死扶伤的。作家呢？一句话说不清楚，不知道作家是干什么的？有时候像一个心理咨询师，为别人的心理疗伤的，安慰大家的；有时候像江湖侠士，替天行道打抱不平的；有时候又像太监，专门给主子献媚的。面目非常含混，也没有一个在人们心目中的准则。这也导致了作家太多太多，加入作协的标准也不统一，一些有权有钱的官员、商人很容易成为作协会员。这是指不正常的情况。一般来说，作家就是给社会提供虚构性文学作品的人。但是一个社会角色他有权利要求这个社会什么，比方说自由写作，但他也有义务和责任。

为什么写作，反过来推，就是这个社会需不需要你的写作，作家是不是一定非要存在的一种人，一个行当？

不可否认，作家一直以来是受人尊敬的，在焚书坑儒的年月，我们还从火堆里抢书、藏书，在学校图书室偷书。那些被称为毒草的小说是我们的最爱，越是毒草越爱看。"文化大革命"结束后，我们记忆犹新的一个奇观，就是连夜在新华书店门口排队买外国小说，像巴尔扎克的《欧也妮·葛朗台》《高老头》，小仲马的《茶花女》，等等。在书店排一整夜队购买一本再版小说的情景，确算得上千古奇观，这反映了人们对作家的尊重和对文学作品的一种久旱逢甘霖的渴求。

从读者的角度说我们要读书，要读，就有人要写。现在我们已不要读书了。现在什么都好卖，书不好卖，文学刊物不好卖。一个省花那么多钱那么多人编一本文学杂志，在一个十三亿多人口的大国，竟然只有千把份订户。文学处于供需严重失衡的状态。我们就非常糊涂和纳闷了：我们为什么要写作呢？人家又不需要啊。

古代作家为什么要写作？他既不想出名也不想在经济上、政治上捞一把。曹雪芹为写《红楼梦》愁了上顿无下顿；写《金瓶梅》的老兄干脆搞了一个网名：兰陵笑笑生。是怕惹祸？怕文字狱？既然怕他为什么又要写呢？这就是他非写不可了，他的人生就是要写这本书，他憋得不舒服了，像鸡要生蛋一样。他对那个时代那些人必须有话要说了。那么我就要问问大家，你们为什么要写作呢？是不是有话可讲，非讲不行？不讲出会憋出病来？翻开《小说月报》《小说选刊》后面的“报刊小说选目”“报刊小说概览”，人都会发晕，一个月竟有这么多人在制造这么多的小说，还不包括不计其数的内刊、报纸，不包括网络小说。你一上网，上那些文学网站、读书网站，你肯定会发晕，小说现在是铺天盖地，人们为写小说好像到了发疯发狂的地步。但，我们的小说没人看，就证明文学对人的兴趣不大，对社会的进步，民族的兴衰没任何作用，连消遣娱乐的作用也非常有限，甚至会给人带来阅读的厌倦和恐惧。实话说，现在的一些小说的确难读，不用说中短篇，长篇有几部好读的？在座的青年作家老实告诉我，你们写作是受到什么样的作家和作品的影响？肯定是外国的作家和外国的小说，这是毫无疑问的。那么中国的小说怎么这么难读呢？

造成这种问题的根本原因就是，我们的作家没有搞清楚为什么要写作。结果作家把自己写作的标准弄得很低很低，很茫然很茫然，很随便很随便，写得千奇百怪，莫名其妙。

其实现在青年作家的眼界和素质都不低，起点比我们当年高不知多少倍。在文化层次上，你们是高的。又赶上了什么书都能读到的年代，什么好的外国小说在网上都能买到，又没谁反对你写什么，你可以搞后现代，可以搞先锋，可以搞奇幻魔幻，可以搞批判现实主义。这样的好机会，为什么作品却上不去呢？问题就出在他没有明确的写作目的，写到哪儿算哪儿，作品一构思，出发点是极具个人化的、琐碎的、无关痛痒的，连自己可能都提不起兴趣的东西。当然谈起国家、社会的问题矛盾，他们往往慷慨激昂，可是却无法与自己被称为心血的作品联系起来，总是避开写。我们承认还有一个技巧的问题，但在青年作家中，有一种极坏的集体认同，就是：艺术是艺术，现实是现实。特别在一些小圈子中很严重，互相影响，以为他们的作品才是纯粹艺术的，别人的都不纯粹，是为了肮脏的目的写作的。这是一种狂妄的自卑。据说这种圈子艺术在诗歌中更严重。

关于小说创作，我认为它必须要借助于民意裹挟的力量写作，这点非常重要。其实，你与民意和来自民间的力量，来自民间的情绪站在一起的时候，你大约才能明白为什么写作。没有这样一股外来力量的推动，无论你的写作技巧多么强大，内心多么自信，你的才华如何的高，你的作品一定是上不去的，无法达到一个时代所要求的高度和境界。有些人的脑子是进水的，有的说我是为个人的内心生活而写作，有的说我是为祖国而写作，有的说我写作是为了休闲。这都是糊涂的认识。我身边的青年作家就有，但我不会反驳，我认为你同这些人是讲不清道理的。越是不开窍的作家越顽固，越出奇的自信，到了自恋狂的地步。

说写作是一种很随便的生活，很轻松很平淡的很舒适的方式，我无法苟同。写作是很苦的事，决不是休闲打发时光。我在《小说选刊》的《〈巨兽〉创作谈》中，第一句话就是："小说对人体是一种摧残。"当然我不是说它会把人弄得病病歪歪，甚至摧毁你的身体，我说的主要是对精神的摧残和折磨，有时真的会让你心力交瘁。我第二句话就是：不过我也找到了一种对抗这种摧残的办法，就是到乡下去，拼命地补充能量。

现在我们的青年作家很容易成为咖啡厅、酒吧、迪厅、歌厅、茶寮，或者旅游度假村的常客，动不动就会出现在这些地方，非常时尚。跟柳青、赵树理、周立波时代的作家判若两人，完全不同了。你现在很难在田间地头、在工厂矿山、在昏暗陈旧的居民区找到一个作家，能看到作家的身影，看不到了，完全看不到了。我们的写作方式跟前辈作家比，发生了根本性的、也是十分危险的改变。而过去作家却是走向守旧和传统的，披一件放羊人的皮袄，与农民抽一锅旱烟，与工人在一个矿井里吃饭。那可不是作秀的，他不是官员。他需要那样。我想提醒大家的是：生活可以时尚，但是我们的文学是不能时尚的，它必须与时尚保持一定的距离，因为文学是一种古老的传统和坚守，它必须有一种高贵的、古雅的、朴素的品质在里面。文学是要渗透到民间和我们生活的角落中去的，它与政治宣传和商业亢奋制造的假象都要保持相当的距离。我们往往在不知不觉中成了它们的俘虏。

由于资讯非常发达，也比较开放，我看现在也没有哪一个青年作家还躲在象牙之塔里，比如，都知道官场是怎么回事，城乡差别是怎么回事，贫富差别是怎么回事，官民之间是怎么回事，官商之间又是怎么回事。你不能仅仅知道是怎么回事，你作为一个作家，要呈现，要非常详尽地、真实地、细致地呈现这些，要接近这些，这就是作家作为一个社会角色所要做的，所要表明的态度，所要发出的声音，所要书写的文字。你明白，并不等于你感受到了，你感受到了，并不等于你强烈地感受到了，你强烈感受到，并不等于你自己遭遇到了，你的内心受到的冲击是不是到了非要写出来不可的份儿上？你撞到那个痛点没有？你可能觉得这太难了，也许有另外轻松的写作走向成功的，都一样，你抱着这种侥幸，有点自欺欺人的味道。很多人被这种写作的难度所吓倒，退而求之，转向另一种活法和另一种写法，渐渐熄灭了心中的那团火，不再有介入生活的欲求，因为没触到那个痛点，他也没有向大众或者向历史向现实倾诉的渴望，认为走向小众也是一种美妙，有一个知音是一个知音，甚至不要知音也行，自我欣赏也是一种不错的选择。这样的话，你的发言谁会在意？你的作品谁会去读呢？

因此我说，现在我们的作家其实还不如一个网民，一个无名的网民揭露的某个骇人听闻的事情真相，受到关注，在一个庞大国家掀起连锁反应比比皆是，甚至可以改变一个国家政治生活的走向。而作家却躲在谁也不知道的角落里，写他自己的哀怨情愁，孤独无聊。在互联网时代，这种反差越来越大。网民正推动着我们的社会向公平、正义、秩序和民主化进程迈进，这个事实毋庸置疑，清清楚楚。就湖北来说，前几年有一个孙志刚事件，一个大学生在广州街头因为没有带暂住证而关进收容所被活活打死，网民非常愤怒，结果是结束了中国的收容审查遣返制度。近来有一个邓玉姣事件。这个女孩长得很漂亮，虽在洗浴中心却洁身自好，一个弱女子，面对那些侮辱她的乡镇干部，没有屈服，拔剑而起。这样的杀人，却得到了全国网民的声援。可以感受到民间正义和愤怒的力量是多么强大，简直不可战胜！网民是不可战胜的。可是一个作家你连愤怒都不曾有过，情绪平静单一，十分悠闲自在。有许多中国作家感觉不是置身在中国现实中的人，他们的写作情绪与老百姓完全不相干，这真是咄咄怪事，令人不解。美国作家斯坦贝克有《愤怒的葡萄》，人不仅愤怒，连葡萄都愤怒了。拉美作家谁当年没有作品抨击军事独裁者？马尔克斯写过《族长的没落》。如果我们的情绪没有一点儿越轨的话，我认为文学就死了。

作家现在也不如记者。许多有良知的记者，为了揭露某个事件的真相，什么造假、贩毒、骗局，不惜冒着生命危险进入现场，会受到死亡的威胁。国外作家甚至比记者还勇敢，同样具有一种社会调查癖，受到死亡威胁、流放、追杀，这种例子很多很多。但是在中国目前这种充满了现实矛盾的生存环境中，我们的作家不是在战壕里，不是在第一线，前哨阵地，而是节节败退，退守，把我们的写作现场紧缩，写作空间紧缩，紧缩到我们的书房，紧缩到我们的内心。中国作家的从业方式在现阶段是最没有危险性的，他肯定不如一个建筑工人吧？不如一个煤矿工吧？不如一个记者吧？不如一个农民吧？不如一个警察吧？不如一个医生吧？医生有时还有医患纠纷而出危险的；一个运动员运动过量会猝死、受伤。作家没有风险，政治风险也为零了。政治也忘记了作家，把作家弃在角落里，社会的边缘。这样的职业所创造出来的产品——我们的作品有什么价值呢？绝对没有价值，没有分量。

而我们的作家，为了简化写作，还喜欢把尖锐、严峻的现实平庸化和温柔化。他懒得去找麻烦，找罪受。我们的作家在处理他的写作问题的时候，是非常势利的、算计的、小心眼的。他不是不计成本的大投入，而是企图以最小的成本，获得最大的利益，甚至想干无本的买卖，空手套白狼，企图毫不费力，投机取巧就能一夜爆红。如果不能的话，一再破灭这种幻想的话，他就甘居平庸，在毫无风险系数的写作中苟且文字。

没有风险，没有责任，没有痛感，没有难度的写作，没有是非观，没有感情投入的写作，是没有任何意义的写作。我认为，对许多作家来说，当下最需要的是端正写作态度，学会敬业。

作家应是他的时代的激烈中心，如果这句话没有错的话，对任何主义任何流派任何技巧的写作者都是适用的。就是不以现实为猎取对象的作家，比较自恋和个人化写作的作家，他的内心也应有时代的激流和风暴。

寻找什么?

在生活中寻找灵感我认为这只是一个技巧的问题，不是写作最关键的问题。我前面说到了寻找的问题，以及真相问题，寻找真相。我认为一个写乡村题材的作家首先应成为山野的调查员。再就是，任何一个作家，必须成为事件真相的知情人。所以说当我们谈到某个事情的来龙去脉后，谈到如今的农村现状后，有人往往会感叹："噢，是这么回事啊！""真是这样，不可能吧？与事实差距太大了吧，我怎么不知道？"其实许多作家对现实的真相几乎一概不知，全凭道听途说。就算你从网上新闻报道上知道一鳞半爪，那些深处的令人心痛的细节你也不知道，全部要靠你自己去观察。真相包括细节，这正是我们作家最需要的。寻找创作灵感，这个问题我从来没细想过，我只是保证我的写作是鲜活的，像刚从田野上采摘的菜蔬，不是蔫不拉唧的。很多作家的作品是蔫不拉唧的，不知道是从哪里翻箱倒柜搞出来的东西，霉味扑鼻。但要我总结怎么发现灵感，我可能不好讲。灵感这东西本来就是有些玄的，来无影去无踪的，稍纵即逝的。但我也慢慢试着来说个一二三，谈谈自己的一点儿经验吧。

我认为在生活中寻找和发现，是给那些有准备的人的，你如果不是一个有心人的话，你跟我一起下乡，我可能发现了很多东西，你却一点儿也没发现。另外，发现啊寻找啊，首先你内心要有急切寻找的渴望。有的人没有这个渴望，甚至有的青年作家反驳我说，写作根本就不需要材料，不是材料的问题，你陈某人不就是满世界找材料吗？我无言以对。我承认现在的青年作家有这方面的天才，全凭想象和虚构就能把小说写得很好。后来我发现某个所谓写得很好很牛的年轻女作家，她构思得精巧无比的故事，还被选刊转载过的，是根据碟片来的，很老的一个法国的故事片来的。她以为全世界的人都没看，或忘记了。年轻的作家还是要材料，只是她要的方式有点机巧，有点黑暗，有点侥幸。

现在小说的原材料来源五花八门，这当然是时代的进步，也让一些作家误入歧途。当然也不排除一些作家尝到了甜头，尝到了大甜头。原材料或者姑且叫灵感来源吧，有的是靠回忆写作，有的靠虚构写作，有的二者都有本事。“80后”“90后”，可以写唐朝的宫廷生活，写江湖武侠小说、盗墓小说。这类书很多很多，很容易找到模仿来源。这类游戏也很多，大部分游戏转换成文字就是一部精彩的长篇——有些人是从这里来的。一是靠读外国小说找灵感，这还是比较好的。二是靠碟片，许多很有名的作家也是靠外国的碟片来刺激写作，构思故事。这些人比较老奸巨猾，借鉴得天衣无缝，不像某些青年作家那么蠢，常常原样照搬。三是靠网络、新闻。有报道作家之间出现了撞车，就是根据同一则新闻写的。四是靠生活写作，靠生活找材料和灵感。这一类人又分成两类，一类是完全写生活而不注重艺术的，如主旋律作家，如写官场的、改革的；另一类是以生活充实他的艺术力量，补充他的艺术能量，我以为本人就是这样，用生活来武装自己。

我认为，与其说是找灵感，不如说是寻找真相与事实、立场与激情、语言与人情世故，再就是：所谓寻找，就是占山为王。

一、寻找真相与事实

前面我说到了重要性，比如现在的农村，早已不是税费时代“三农”问题十分尖锐的农村，当时的村干部就是“催粮派款，结扎引产”。我的《狂犬事件》就是写的税费时代村干部与村民对立的。后税费时代出现了各种各样的新问题。你必须去倾听了解和深入调查，甚至今年油菜、小麦、稻谷、瓜果的价格行情你都要清楚，用什么农药，用什么化肥都要弄清楚。有几个问题你非要弄清楚：土地问题、乡村民主建设问题、乡村社会保障问题，还包括民俗风情。我说的是非常非常详尽的事实，是有别于报纸和文件上面的，有别于乡镇领导、村支书给你的汇报的真相。一件事情，你听官员讲，跟听农民讲，会讲出两种完全不同的版本，两种完全不同的结论。村干部是一个什么概念，乡镇干部是一个什么概念，农民又是一个什么概念，种田又是一个什么概念，形势变化非常之快，发展也很吃惊，一切处在变化中，你有大量的事实真相烂熟于心，还愁写不出作品来！写不出来就是你没搞清楚。

二、寻找立场与激情

真相事实找到了，立场就找到了。“哦，原来是这样的！”你就知道站在哪边，站在哪个地方说话。作家必须有非常鲜明的是非立场，爱憎分明。当然也有人评价我说现在我在进步，立场出现了混沌，陈述出事件的真相，不作道德判断和是非评判，让小说的情感更加复杂，既不诅咒什么也不歌颂什么，你既不说他是英雄也不说他是狗熊。但作品深处的立场还是非常需要的，没有立场你怎么构思小说？混沌也是一种立场，混沌不是模糊、含混，不是茫然。一个作家是根据你的立场构思作品的。

激情。小说需要激情，需要持久的激情和书写的冲动。比如，我一个中篇要写至少两个月，长篇写了三年，激情不能中断，必须保持旺盛的生命活力和语言活力，还要每天保持那种强烈书写的冲动，这从哪里来？还是从生活中，从田野中来。我觉得城市里的书写，比方说散文随笔的书写真的好可怜，为一棵路边的小草感动，竟能写出几千字的文章来，拿武汉话来说：我信了他的邪！为墙缝里生出的一种无名小花感动，甚至为一只蚂蚁能过马路感动，令人瞠目结舌。他没什么感动的东西了，他看到的新鲜玩意儿就是这些。你为什么不到田野里去？为浩荡的野风感动，为大片大片的野花感动，为铺天盖地的油菜花、麦子和秧苗感动？那不更加壮观？一些人是没有条件下乡，每天八小时工作，一些人是不愿意，大量时间在家睡觉上网，睡觉睡到自然醒，上网上到天昏地暗。我自己因为习惯了下乡，我在城里是蔫的，不讲写作，人像死了一样的，一到乡下就活了，先不说写作的冲动，人活了，生命和激情又回到了体内，有了一种与自然和农人交流的感情，理解他们，同情和欣赏他们的感情，然后就有了一种想替他们说话的冲动。因为农民在这个社会基本上没有话语权。当然作家也没有多少话语权，一本一本的杂志和小说，你感到说了这么多，依然不敌官员的一句话。但作家总比农民好点儿。在这样人人可以说话的网络时代，你也很难见他们说话。你有这样一个机会替他们说话多好。这种理解，就是在那种真实得令人发抖的现实中，在与他们的交往中，对土地的访问中，对乡村、对劳动、对劳动人民的生活，产生了感情。哪怕这种感情非常复杂，但不是麻木的，有隔膜的，不搭界的，无知的。

三、寻找语言和人情世故

我们现在的小说语言当然有当代的风貌，但不可否认的是，我们的语言离老一辈作家老舍、赵树理、周立波等有相当的距离，我们在语言上下的功夫远不及他们。他们是在生活中寻找语言的人，他们的语言与他们的题材可以说是完美地、天衣无缝地黏合在一起，包括人物、人物的语言。什么人讲什么话，三言两语，呼之欲出，现在作家有这个本事的不多。我们应该承认他们。我把人情世故和语言放在一起说，因为这种人情世故是一个作家非常需要也必须懂得的，生活的琐细之处，描绘的生动之处，对人的拿捏，全在人情世故的把握。你不到生活中去，不到民间去，你不能得到，比如我认识一个“80后”的村干部，1986年生的，湖北大学毕业的，他陪你到农民家中去，他跟什么人寒暄什么，都恰到好处，这还不是语言拿捏的功夫吗？非常有礼貌，比我还老练成熟，你需要什么，他也是总能满足。吃饭时给你摆放碗筷餐巾纸，要添饭时抢着给你添饭，“80后”

因为大多是独生子，是最不懂人情世故的，也是不会说话的，以自我为中心的。但我见到这样一个孩子，刚刚毕业两年，这都是在乡下锻炼出来的，这样的孩子一定会有出息，干什么都会有出息，从政、从文，都具备了必要的条件。

这些寻找其实是一个作家必需的基本功，我们很久都不再提这些了，仿佛说这些是一种落伍的表现，说一些“消解”“解构”之类的名词才是时髦的、新潮的、跟上形势的。可是，对于一个作家，说这些词又有什么用呢？还是得拿作品说话。

最后一点我要说的是，所谓寻找，就是抢占山头，占山为王。我们的作家没有占山为王的土匪意识，我希望大家多一点儿土匪意识。你想过没有，你寻找什么？你寻找的目的不就是自觉自愿地把自己同别人区别开来吗？就是要找到与其他人都不同的写作，认清你不能走他人的路。特别在一个省，一个地方，别人去写市民生活你也去写市民生活吗？不行。别人去写军旅生活你也去写？别人去写官场名利双收了你也去写？不行。别人去写历史题材你也去写？别人写底层，你也去写底层，那已经晚了，过了这个风头了，你又是重蹈他人覆辙，拾人牙慧，别人已经捷足先登。过去我们听说过什么作家群之类，什么红土地作家群、黄土地作家群。许多省都有作家群、× 军之类的说法，就是在写作面貌、写作方式、写作题材上大致相似。作家群作家群，结果这个地方一个作家都出不来。原因很简单，大同小异。过去写工业的也有这种说法，什么石油作家群、钢铁作家群。湖北就有钢铁作家群的提法，但最后也没见一个特别有影响的，而且这些“群”最终导致集体沉沦甚至是消失。原因很简单，它是违背艺术规律的，一个题材不能一窝蜂，一拥而上。

写作说穿了就是各自为政，占山为王。你想干点儿事，你总不能在别人的地盘上打打杀杀，除非你有一剑封喉的本领，把别人杀翻了，取而代之。比如你把鬼子、东西杀掉了，你坐在他们的位子上，但这是不可以的，他们已经在文坛上获得承认了，有了自己牢固的位子。土匪是可以的，你把他杀了，把他的小老婆抢来做你的压寨夫人。在文学上，一旦别人有了他的地盘，你必须尽快远走，远离这个人——我是说在写作追求上，远远地到一个荒无人烟不为人知的地方去开荒，写别人从来没涉足过的题材。比方说写山，我们湖北我看没有写得很好的，不怎么样，我就去了神农架，海拔并不高，三千米，可现在神农架在文学上总有了一定的高度吧，我想。我占了这个山头，我把自己同别人分开了。湖北作家何其多，何其厉害，你惹不起躲得起，躲开他们的光芒，到远处去，不去扎堆，不去凑热闹。这块地盘没人写，我来写一种与你完全不同的小说，你有了你自己的山头，你用作品竖起了自己的旗帜。广西的作家也是何其多，鬼子他是鬼子，你就写八路；东西写了东西，对不起，你只能去写南北，是不是这个道理？革命是一样的道理，当年洪湖被贺龙同志占住了，百色被邓小平同志占住了，井冈山被朱毛占住了。革命或者土匪有一个词叫“起事”。太平天国就是在广西起事的。作家不一样吗？你是在哪儿“起事”的？你有没有你自己的地盘起事？要说我有什么经验，这就是一点儿小小的经验，同样是被逼出来的，在强手如林，文坛上到处都是悍匪强盗横行的情况下，你没有什么好温柔的，你必须杀开一条血路，抢占一个山头，趁早建立起自己的根据地，有了自己的老巢，成为一山之主，一寨之王，那么你在文坛才有一丁点儿立足的地方。

文学是最考验人的

·在湖北省青年作家神农架创作读书笔会上的演讲

文学是一种信仰

我们这一代人，我们身边有才华的人，过去比我的才华要高，在我学写作的时候他们已经名满天下，为什么他们最后没有坚持到底呢？他们的半途而废给我许多感慨。我越来越感到文学可能是一种信仰。如果说文学不是一种信仰，你就很难坚持下去。你要把文学当作一种信仰，你就必须有一种行远路和为此牺牲的准备。去年的今天，我在四川甘孜藏区，那些从甘孜磕等身长头到拉萨的朝圣者，他们是非常单纯的，非常安静的，他们没有很多想法。每天就磕那么两三里路，要磕一年或者更长才能到达他心中的圣地拉萨。心中只有一个强烈的念头——到拉萨去！我们的写作也是这样的，就是一种很简单的想法，做好远行的准备，哪怕千辛万苦也要走到你心中的圣地的那么一种决心。你如果还没有做好准备，那么文学就是世俗的，你所有的操作就是功利化的，技术性的。比如，你在故事的编造、与现实对应上的投机取巧，写作表达的短视，等等。也就是说，你还没有在文学的精神现场出现，你与整个世俗生活所要求的那种文学期待，采取了一种毫无警觉的合作态度。你也就无法品尝到真正写作的那种愉悦，那种欢喜——欢喜是一个宗教的形容词，在佛教和基督教中都有。你也无法享受到在精神遭受打击后某种补偿和修复的愉悦。这次读书笔会我们发给了大家帕慕克的小说《雪》，比如帕慕克反复提到的一种挫败感、屈辱、羞耻感。他还讲到一种堕落感。他在一篇文章中说我们当代人都在一种堕落感里面煎熬。那么你也无法领悟到、体验到这种种煎熬中的宗教心理。比方说一种忏悔心理，一种救赎渴望；比方说悲悯、宽容、同情，你都无法达到那么一种境界。而这些，我们心理中最孤独和最阴暗的部分，需要拯救的部分，正是文学所需要的，也是只有文学才能解决的，它统统属于信仰的范畴。

另外，我感觉到文学是一种信仰，是因为我越来越觉得文学无真理可言。文学是一个五没有的东西：它没有真理，没有主义，没有理论，没有门派，没有法则。它最重要的是没有真理。我说的是文学本身没有真理，不是说我们每个写作者不去追求真理。比方说，你说是真理的，有些人说是狗屎。有为艺术而艺术的，有为人生写作的，有为排遣孤独寂寞写作的，有为欲望写作的。作家与作家之间的写作是非常对立的，从来没有哪一个行当像这样对立过，简直在写作上是生死的冤家，汉贼不两立，有我无他，有他无我。在理论上，有一种是理论家的理论，他们的理论与我们作家有什么关系呢？没有任何关系。再是作家之间，他的理论对你的创作也没有作用，你觉得他的追求太差劲了，简直在瞎写瞎说。对一个作家来说，他恰恰是要否定传统理论的。要不停地否定它，颠覆它。文学家必定是反叛的，叛逆的。我在上海大学文学周的一个圆桌会上讲过我的一个观点，作家是不可以继承传统的。你可以继承谁呢？你谁也不能继承，每个人只能是他自己。那么有没有门派和主义呢？也没有。我是好作品主义。好作品是唯一的主义，你成功了，你就有了主义，就有人给你贴标签。什么是文学理论家？理论家就是给作家贴标签的那种人。你成功了自然有人给你贴标签，他要把它归类。你是现实主义，他是魔幻现实主义，他是象征主义……有人就给我贴了不下四五种主义之类的东西。有人说我是魔幻现实主义，有人说我是现代现实主义，有人说我是先锋，有人说我是底层写作，有人说我是生态文学，还有什么打工文学。但我认为我什么都不是，我是我自己的好作品主义。你说小说有什么法则没有？晚明有个公安派，是我家乡的，其代表人物袁宏道说：“信腔信口，皆成律度。”“古人之法顾安可概哉！”“我”就是法则，不然，同质化、类型化会泛滥成灾。你的笔下就是法则，你就是写作的唯一世界。

我们大家知道，真理是理性的，它符合天地间的法则，而信仰是愚妄的，它以内心的狂热作为先导。你信的东西我不信。一个作家必须有内心的狂热，没有这种狂热你怎么去写作？不信仰文学的说文学死了，这个观点大有人在，这表明文学几千年的根基开始动摇了。

文学现在成为“想象性的真理”，这是美国批评家米勒的观点。但是想象性的真理也不是真理，它的前面是针对传统的“虚构的现实”说的。小说过去的确是“虚构的现实”，小说就是虚构，大家都承认这个观点。这是博尔赫斯的一个命题。据说最早下此定义的人是十五世纪的一个法国神父于埃：他认为凡小说均为虚构的情节和曲折的故事。但我认为这是一个很令人费解的伪命题和伪真理。米勒是这么说的：当文学从虚拟现实的主位上退下来，成为想象性真理的许多供应商中的一个。我们先来说虚构。虚构是可疑的，在全球化浪潮越来越迅猛的今天，在资讯越来越发达的今天，米勒的观点越来越被人们所接受。虚构将越来越边缘化。这个社会不再是过去封闭的社会了，人们要靠传说和传闻来传播消息。比如，在神农架深山老林发生的什么事，传到宜昌，早就变样了，最后变成了传闻。现在真实的事情在一夕间可以传遍世界。甚至在同一秒钟可以直播世界上正在发生的事，电视、微博、视频，什么都有，铁证如山。真实的事件已够耸人听闻，你无论怎么虚构，也比真实发生的差远了，虚构失去了市场。米勒认为虚构就是欺骗。他认为普鲁斯特基本上是骗子，他说普鲁斯特常常对谎言和文学说同样的事情。虚构的现实已经远远落后于现实，而想象性的真理根本也是文学的一个乌托邦。现在的艺术变成一种想象性的真理，也是一个歧途。比方说，我们现在的影视，凡是大片，人都会在天上飞来飞去。这有可能吗？不可能的，这只是想象性的真理，我们所有的东西都成了这样的。艺术变成这样一种东西真是奇怪了。我们以北京奥运会的点火仪式为例，这就是张艺谋式的想象性的真理。从奥林匹斯山上取来的天火，难道一个运动员可以飞上天把它点燃吗？它用的是威亚——就是我们说的钢丝绳。它感动不了我们，我们只能说它是一种技术性的壮观，如此而已。但是，真正的真实是有的，比方说在亚特兰大奥运会，拳王阿里用他颤抖的、患了严重帕金森病的手，点燃火炬，他感动了世界，它这才叫真理。比如，它告诉了我们竞技体育的残酷，对人身体的摧残；当然也可以说是一种永不放弃、永不言败之类的精神，你怎么感慨都行。这就是真理。现在的文学离真理越来越远，我们只能作为一种信仰。我们宁愿相信文学是信仰。如果文字不是我们心中信奉的那个东西，我们还能相信什么呢？

如果不把文学当作信仰，我们如何在几十年甚至一辈子去坚持做同一件事？写作这个工作是非常疲倦，非常孤独的。你不把它当作信仰你无法持久的坚持。因为信仰需要内心一种永不衰竭的激情，一种冲动，一种动力，一种精神的支撑。其实我们每个人，都生活在一种十分卑下和庸常的环境中，一个人，无论你的心灵有多么高洁，你的灵魂有多么干净，不出几年，你都会被你周遭的环境所消磨掉。没有一种坚韧的耐力，你想众人皆醉我独醒，众人皆浊我独清，这可能只有我们的大诗人屈原才能做到，许多人坚持不下去也做不到。我看到许多过去写过一两篇好作品的人，之所以不能坚持到底，就在于他们缺乏那种简单、持久的精神力量作为支撑。多年以后我再见到他的时候，我发现他的眼神也散了，他的整个精神是松弛的，他的身体都是松弛的。他不像那些坚持者，有一种凝聚的力量从身体里透出来，坚持者连眼神跟他们都不同。那些没有坚持的，他已经在庸常的生活中投降了，他已经变成了一个顶顶世俗的人，他眼中的那种光已经黯淡了。而那些大家，包括你们自己，你们能坚持下去的，你们的言谈举止，你们的做派，都与那些不能坚持到底的人，是完全不同的。一个人是跟他的作品不断地升华和成长的，他的灵魂的境界也在不断地升华，通过作品对自己艰难地修炼，在不停的写作的途中，不停地修正自己，不停地紧逼自己，不停地催促自己，他才能加固和修正心中的那个信仰，在漫长的热爱和表达中，倾吐你的忠贞。

信仰也是一种漫长的仪式。比方说你信仰佛教，你在庙里，你作为一个和尚，你几点起床，几点进行课诵，每天要念《金刚经》多少遍，《心经》多少遍，《大悲咒》多少遍。在每天不间断的仪式当中完成了他的信仰。在坚持中你的心里就越来越明净、单纯、宁静。那么文学的仪式也就是每天坐下来，开始驱遣你的文字，形成了一种非常简单的生活方式，弃绝了外界的各种各样的干扰、应酬，各种各样的诱惑，生活已变得非常单纯、简单。难道说这不是一种信仰，一种宗教吗？通过这种漫长的写作，达到内心持久的愉悦，持久的沉醉。我把它称为文字的仪式——如果你能够沉醉其间，那么你离文学的成功就越来越近了，你就最终能看到你心中的那个文学之神了。

让我们远离堕落和浅薄的文学

在我们周围，或者说在文坛上，有一批以堕落为时尚的作家。我讲的堕落不是指生活的堕落，不是说这人每天在外面吃喝嫖赌。而是指文学本身的堕落，以堕落为时尚、时髦的那种堕落。堕落的时尚和浅薄的文字正嚣张在我们的文学现实中，这使文学的前景增添了不可预期的变数。但我想，对一个清醒者来说，对有自己厚重追求的人来说，没什么威胁，倒是一个机会。我曾在上海的一个演讲中使用了“偷袭”这个词。当大家都堕落和浅薄平庸的时候，你有可能偷袭成功，你有可能脱颖而出。那些以堕落为时尚的作家，刚开始也不是想堕落的。当他感觉到他的写作无人喝彩，在主流文学这块，没有他的位置的时候，当大家都不睬他，不理他的时候，在受到了冷遇的时候，他就开始了以堕落为时尚。它没有威胁却是一种挑战，它形成了一股潮流，这些人的企图就是让另一部分人的坚守和承担变得孤零零的，变得滑稽、陈旧。以堕落的反向冲击力来企图打破文学的秩序。打个比方，当这些人感觉到他们一辈子努力也画不出来蒙娜丽莎那样一种神秘的、高贵的、神性的微笑的时候，他可以把蒙娜丽莎这样一种象征物从神性的境界拉下来，把她打落凡尘，然后给她画上两撇小胡子。以堕落为时尚的作家，有小圈子的便利，很容易影响一些稚嫩的写作者，一些初涉文坛的人。他们希望有一批追随者，然后为这批追随者洗脑，以群体的堕落来造成一种声势，来让更多的后来者为他们陪葬，当殉葬品，从而寻找到当草头王的虚荣。

为什么这些堕落和浅薄的文学在我们当今的文坛有这么大的存在空间呢？是因为那些勤勉的、沉潜很深的写作者是沉默的，是沉默者。智者无言，大言稀声嘛。而以堕落为时尚的人是一些喧嚣者。他们在那儿喋喋不休地发表各种各样的观点。而那些真正的写作者是一言不发的，没有什么话可说，文学就是他的作品。那些喋喋不休者，他会经常发表一些稀奇古怪的、千奇百怪的、似是而非的、莫名其妙的理论和观点。各种理论接踵而来。因为他要当一方教主嘛，他要不停地布道，像邪教教主一样，为跟随者洗脑。这些人有什么特征呢？就是否定他人的一切为他们坚持的“信仰”。其实他们的内心知道你的坚持是对的，只是他达不到，他才否定你，否定他的同行们为文学所作的种种艰苦的、令人尊敬的努力。他们总是酸溜溜地去谈论他人，而忘了自己还处在一堆烂泥巴之中。

正因为他们堕落，所以他们浅薄；正因为他们浅薄，所以他们堕落。这些人为什么不能更好地去写作呢？或者客观一点儿地向他人学习，把那种狂妄和目中无人变得客观一点儿？这一是他们无法把自己心中的那个文学信仰变得神圣不可侵犯，当他们恶意地贬损别人心中的那个神时，他们也砸碎了自己心中那个摇摇欲坠的文学之神；二是他们心中可能根本没有神，没有信仰的人是无所畏惧的，有信仰的人是有所畏惧的。人总是要畏惧一点儿什么，惧怕一点儿什么。当你坚持人民性的时候，他反对人民性；当你说文学需要同情的时候，他说同情算什么；当你说文学需要道德，需要正义，需要责任，需要承担的时候，他说这算什么东西；当你讲道德，他说是虚伪的。他说他们才是道德。其实他们才是满口的仁义道德，满肚子男盗女娼，是一群吸 K 粉和摇头丸的家伙。我认为，作家是在旷野之上和高山之巅的一种存在物，而这些以堕落为时尚的作家，是一群在包房内的存在者。他们就是要把那些比较符合历史召唤的、具有品质追求和神性色彩的文学拉入他们充斥着霉味的、空气污浊的、病菌丛生的、密不透风的小包房内进行嘲笑和攻击，寻找一种糟践他人的快感。以为他们就站在了一个高度上，其实这只是一厢情愿的意淫。

那么，我们一些文学的初来乍到者，如何不被这股时尚所裹挟？不要轻信他们关于文学的谎言，我认为，你只有坚信文学是有许多基本的判断价值的，这个是不可亵渎的，不可怀疑的。你只有相信文学的某些神力，相信你是这世界上最后一个操弄这种文字的人，一个真正的虔诚的写作者和坚守者，抱着这种有些愚昧的信仰，你才能远离浅薄和堕落。

为了力戒堕落和浅薄，我们必须手上掌握有丰富的资源。这本来就是一个争夺资源的时代，我们的资源就是我们的底气。俄罗斯现在为什么敢发飙？普京竟敢宣称：欧洲离开他们就无法生存。因为俄罗斯是资源大国，它的天然气、石油、森林资源正是欧洲的命脉。我们的文学资源包括社会资源、精神资源和生活资源。你有了社会资源，你才有担当的勇气，你就有了政治立场和写作立场。一个缺乏立场的作家很难说他有什么大出息。我们还是以帕慕克为例，在他的写作和生活中，他花了许多时间去调查土耳其人怎样屠杀库尔德人和亚美尼亚人。很多的诺贝尔奖获奖作家都是这样的，在政治上是非常有立场的。大江健三郎也是这样的，他调查并揭露日军在第二次世界大战时强迫冲绳人集体自杀的事件，被右翼分子告上法庭并受到死亡威胁。更不要说索尔仁尼琴和艾赫玛托娃了。他们对社会是非常的关注的，他们比政治家更关注，而且更真诚、更无畏地关注，这样他就有了他的社会责任。同样一个作家需要有精神资源，把文学当作一种信仰也是占有一种精神资源。没有精神的资源，你的视野也不开阔，你的信念也不坚定，你也没有更大的，更高的宽容心、悲悯心，以及更深沉的爱和更高境界的对世界的理解，对他人的理解。如果没有更多的生活资源，你的书写是单薄的，既不丰富也不丰厚，总会感到捉襟见肘，力不从心。写作有断裂感，无法做到游刃有余。你没有生活的资源，你也没有对我们生活的敏锐的捕捉能力，你没有办法揭示生活的真相和还原生存现场的能力。——“生存现场”是我最喜欢使用的一个词，也是我自己创造的一个词。我们这个时代是一个资源匮乏的时代，也是一个资源浪费的时代，完全要靠自己去寻找和取得，去挖掘和争夺。毛主席说过：手中有粮，心中不慌。你有了资源，你心中就有底了，你就不会焦虑，就不会去哗众取宠，扮鬼脸，玩噱头，玩堕落。你拥有了更多的这些资源，你的写作就同时有了更高一级的保障，就能在现实与虚构、想象与真理中间找到一个撬动你文学的支点，你的写作才会呈喷发状。一个好的小说，是这三种资源的最佳复合体，缺一不可。

最后我想说的是：作家在我们这个时代的角色的确是非常尴尬和落寞的，但对于一个执着于文学的人，文学依然是演绎生命的最好方法。文学是最形象的、最绚烂的一种精神表达。文学是寂寞者的一种精神狂欢。总之，我们的时代不管怎么发展，无论科技和传媒如何发达，文学的存在依然是必需的。文学是一种最洁净的、最简单的、最令人沉醉的劳动。这种劳动是一种手工的、个体的、最原始最传统的劳动，它什么也不借助。虽然有了电脑，但许多作家还是手写，我就是。它也是人的内心与世界发生关系最短的一种东西，不像其他艺术门类需要大量人、物、器具、声光电、后期制作、先进科技，等等。而且它永远是艺术之母。它也是表现人类才华最直接、最直观的标尺。说某人有才，是说他写东西写得好，文字功夫棒。因此，文学也是最考验人的！这最后的几句，与大家共勉。

写作是寻找自己的归途

·在“2009 届原文学论坛”上的演讲

农村题材：人与土地的关系——这个题目值得探讨。因为人与土地有一个我们至今未知的深切关系，我们还没有弄清楚，可能永远也弄不清楚。这个题目太大了，对于写作者来说，也没有哪个作家在写作时想这么大的问题，且抱着必须把它搞得一清二楚后再动笔创作的，这是不可以的，也是不可能的，更是不可行的。有人说我要写一部关于土地的关于大地的作品，这纯粹是扯淡。赛珍珠写中国安徽农村的长篇干脆就叫《大地》，英国吉本的《苏格兰人的书》也是写大地的，法国有一批作家也喜欢写大地，比方说吉奥诺和卡里埃尔，挪威的哈谟生写过《土地的成果》（也有翻译成汉姆生《大地硕果》），美国的斯坦贝克也喜欢写土地。拉美作家更是钟情于此，比如，危地马拉的阿斯图里亚斯写人、大地和庄稼的《玉米人》，我认为都没写清楚。我的写作感受是，作家最初的写作冲动，只能想得更小一些，而不是更大一些，只能想窄一些，不能想宽一些。这个土地如果不是与我们的心灵发生纠结，强烈骚扰过我的神经，这个土地再大，再重要，就是生长黄金，也与我没有关系。这个土地不是我的，这个土地上生活的人也不是我的。关于土地和农村，不管它是叫什么，叫土地也好，叫大地也好，叫农村也好，乡村也好，叫故乡也好，故土也好，或者叫一棵树、一株野草也好，一个夜晚、一条田埂也好，这是无所谓的。它的叫法对作家无所谓，作家不是因为有了这个叫法才去投向它，是因为我早就站在那里，我的灵魂早就在那里徘徊和游荡。我说作家要想得小一点儿、窄一点儿，这是与他的内心隐秘和归属感有关的。比如，这些年我喜欢在乡下跑，挂职。过去我是在别人的故乡神农架，现在则是在自己的故乡荆州。我想了什么呢？我肯定想了许多。但我肯定不会想得那么华丽和高深，那么胸怀人类放眼世界，并且真以为作家就能指点江山，替天行道？作家正是因为他的渺小，才显出他的伟大。屈原在死后的一千年里，受到的指责和诟病远远多于对他的肯定，一千年后这种情况才有改观。说的就是他这人狭窄，是个典型的政治狂徒。他的诗翻来覆去地就是说楚怀王对自己如何不好，自己多么委屈，唠唠叨叨，疯疯癫癫。甚至许多大学问家都对他的作品和为人发难，认为他的东西不可取，全是呓语，狂妄，他投江自尽更是没有必要的荒唐之举。说穿了，就是说这个人气量狭小，狭隘，狭窄。其实正因为他的狭小，狭隘，狭窄，成全了一个伟大的诗人。如果他气度非常宽阔，一切不当回事，奉行好死不如赖活，道路是曲折的，前途是光明的，正义必将战胜邪恶，太阳照常升起，对我的国家和人民从来就没绝望过，文艺作品应该给人温暖、希望，我个人的遭遇不足挂齿，无足轻重，一切以大局为重，和谐社会万岁，请问还会有这个屈原和他的《离骚》《天问》和《九章》吗？

我这些年在乡下跑，在山区跑，仅仅是喜欢，能让自己轻松和愉悦，还有一种逃避。因为作家是一种逃避的职业。我在乡下边走边想，边走边看，边走边记，我的想法越来越简单甚至微小。我发现我这么写作和行走其实不过是在寻找自己的归途，找到我这个人的、我陈某人的回去的路，如此而已。有时候我面对田野和庄稼，的确非常感动，非常满足，我就想写不写有什么要紧呢？我当然可以写一点儿，用作品去看望一下故乡和田野，至于外面世界获得的一切，真的有那么重要吗？我这样的一个渺小的人的肩头，真的承载着改造这个世界这个社会的重任吗？我不相信，更不希望如此。人出去，最终会回到以往。走得越远，越想回到过去。你以为你走得很远了，不想回来，你拥有了显赫的未来和宽阔的空间，你的写作是坐的高铁、动车组、新干线，但是，你拥不拥有一条小路可以让你回去呢？回去就是你写作最远的地方。这一条归途，对于一个写作者来说，就是写作和行走的漫长过程。创作是另一种回家。而且是在孤独的黑夜摸索着回家，其他人无法帮你达到，也无法与你相随。每一个人回家的方向都不同，这也是写作之所以备感孤独的原因。

这就好解释我为什么要写乡村与土地。因为它与我的童年、少年、青年，与我的亲切的记忆和成长有关。对我而言，写乡村是充满快意的，乡村是有热度的。我知道它的水温。更冷的、更滚烫的地方我不会去染指。这种热度恰好能温暖自己，等温暖够了，再有可能去温暖别人；它还能快意自己，在许久以后，还有可能去快意别人。这种对题材的选择和写作及行走的方式，与其说是对土地和农民的关注，不如说是对自己曾经熟悉气味的方向定位，通过此，去辨认和拥抱回家的路径。

因为我自己的写作是我自己内心的倾泻，我不大会在意外界的看法，也不会去研究我与书写的对象究竟存在着一个多么深刻多么厚重多么复杂的关系。其实说穿了它是一个天然关系。一个作家的内心世界，在寻找自己精神和肉体双重归宿的途中，将要甩掉九十九个世界，只留下一个世界。就像他要甩掉所有的年龄，甚至是最美好的年龄，留下一个别人谁也不要的年龄，一个衰老的背影。在这一个世界里的主人也许是残破不堪的，伤痕累累的，这不要紧。身体对他毫不重要了，因为他用作品为自己标出了一条路来，他心满意足，他的灵魂有了归宿。他只能企求如此。如果说一个写作者只要一个书房就够了，那么书房就是他的故乡。对我可能不行，要书房可能还要一点儿泥土，一点儿泥土的气味，一些野草和庄稼。但是这个世界依然是狭小的也有可能是足够大的。

而且，这个世界是被激发出来的。当它变成唯一的世界的时候，它就变成了自己钟情的写作。这可能就是他真正的家，刚好装下他衰老疲惫的身体和强大的精神，以及他的灵魂——假如有灵魂的话。不过，我不大相信人有灵魂，灵魂可能是一种谎言。

我们可以看看我们楚国的棺绘。这些楚国先人的棺绘，色彩之艳丽，肯定在现实生活中找不到。他为什么要把他生命的终点和归宿布置得如此华贵和绚烂呢？我们现在看到的这些棺绘，有飞舞的云霓，有飞禽走兽，有车辇和马匹，有太阳和月亮，有各种神祇。但这些很多是神话中的故事和场景，并非生前的图景，也不是他生前曾享用的奢华，如编钟、刀剑、器皿、服装等。这种图景的布置，是来存放他永远存在的灵魂的。古人当然比今人更相信人有这个不死的东西。

在古埃及，同样相信生命终结后，灵魂依然存在。人死后，依然住在坟墓周围，这个灵魂叫作“库”（khu），古埃及有一种书叫《亡灵书》，这种书就是给“库”也就是给人的灵魂读的。你必须要放一些《亡灵书》在死者的坟头或者棺内。还有一种是“卡”（ka），是人的眼睛所看不到的，人死后就生存活动在坟墓周围，人们必须备饮水和食物供养“卡”，这个“卡”有点类似于我们中国的“鬼”。

这种“亡灵书”我以为就是活着的人，为生前不会写作的人所创作的一本著作。而我们这些写作者，一辈子，其实就是在创作一部“亡灵书”，给别人也给自己看的。所以我们的写作，既是向生者倾诉，也是向死者倾诉；既是向现实倾诉，也是向过去倾诉；一个作家倾诉的口气，他既应是生者的口气，也应是逝者的口气。他的声音应是这个大地上所有生灵包括逝去生灵的声音。

精神是不死的，这个我不怀疑。所以，我们在读屈原或者李白或者杜甫作品的时候，依然能感受到他们的呼吸，他们灼热的滚烫的气息。他们依然在那儿慷慨高歌，恣肆倾吐，一抒块垒，打动我们。他们作品中的那样一种热流，永远不会消散和冷却。如果要说什么叫灵魂的话，这就是一个人的灵魂。文字是它的外壳，或者说，是作家在创造自己的灵魂，用一种奇妙的文字，创造灵魂。我们姑且称它为灵魂吧，因为它能够穿越时间到达永远。

楚国的屈原在这方面无疑为我们提供了一种最高的范例。假如一个人要成为作家的话，屈原是最好的榜样。比方说他的《九章》，这全是在流放期间写的，像其中的《哀郢》《怀沙》《涉江》《抽思》等，都是内心直接悲愤的倾诉，干脆就是直抒胸臆。按现在的观点，是很现实主义的发泄，很个人化的申诉，具有强烈的政治性，毫不掩饰自己的企图。但是我们今天读之仍然感觉他是能感天地泣鬼神的。他的《忆往日》《涉江》，简直就是哭诉和嘶喊。就好像一个小孩挨打后不顾一切地喊叫，闻之令人心惊肉跳。这样强烈政治色彩和个人色彩的作品，能够穿透数千年的时间打动我们，非常让人吃惊。当然我们也可以分析是他炽热的政治情怀和充满正义感的政治立场打动了我们。可以分析这是他对真理的追求和爱国思想的力量与韧性打动了我们。这都可以。其实他打动我们的，是他自己内心的愤懑、哀愁、痛苦，特别是他的惶然无助和绝望——他的绝望如此之美丽，我们不能不为他的绝望心悸。可能现在没人说他的《九歌》可取而《九章》就不可取了。过去认为《九歌》是浪漫主义的，浪漫主义才是有艺术价值的，才是可以永恒和不朽的，不受时间的淘汰的。像《离骚》也不能说它完全是浪漫主义的，前半部分是很现实主义的，只是在后半部分才有浪漫可言，即从“驷玉虬以乘鷖兮，溘埃风余上征。朝发轫于苍梧兮，夕余至乎县圃”，开始了他天上地下，与众神欢愉和寻找的忘情之途。他的愤懑、哀愁、痛苦和绝望，这一切，正好契合一代又一代写作者在寻找自己归途的路上，那么一种苍凉的心境，安慰我们，加入我们，并且激励我们。我们可以看到他寻找的路是何等遥迢，“惟郢路之辽远兮，魂一夕而九逝。”(《抽丝》) 恍恍惚惚中灵魂一夜竟在这条回归家乡的路上往返了九趟。其实他在流放的途中，因为他的作品，他真的回去了，甭说一夜回去九次，一千次也行了。他是不停地用他的作品回家，他的眼泪，他的啰唆，他的神经质，他的怀才不遇，他的形单影只，他的被遗弃，他的决绝，为自己也为文学找到了一条最好的归途。“陟陞皇之赫戏兮，忽临睨夫旧乡！”(《离骚》) 在这样的寻觅、求索和遨游中他突然遭遇到了初升的阳光突然看到了自己的故乡！这就是他的归途，他终于把形容枯槁一钱不值的身体留在了水上，把那个叫灵魂的东西留给了历史和时间。其实，他不过是自己给自己和故乡写完了一部《亡灵书》，自己给自己用文字画上了一幅棺绘，然后从容地、视死如归地走了。

我想也不过如此吧。

神农架与我的小说

· 在武汉图书馆的演讲

很高兴今天能与武汉本地的朋友见面。我今天讲讲“神农架与我的小说”。因为近年来我写了一系列小说都是与神农架有关的，假托的背景都在神农架，因此被文坛称为“神农架系列”小说，它们获得了巨大的反响，得到了包括鲁迅文学奖的各种奖项。这个小说中的神农架和生活中的神农架可能是两个概念，只好比之于马尔克斯的“马孔多镇”和福克纳的“杰弗逊小镇”，他们是虚拟的，而我是假托。首先，地质学上的神农架，是一个很大的地方，并不指行政区划上的神农架林区；其次，我也不会仅仅去写某一种地域小说。我的小说经常出现的神农架是一个县，实际上没有这个地方。因此，假如我不经意中伤害了神农架，神农架是无法追究我的；其次我的假托，只不过是想找这么一个地名，来书写我心目中的好小说。这种好小说必须发生在山区，而且是一个神秘、偏远、原始、自然条件恶劣的、少有人烟的山区。因此，还有什么比神农架更好呢？另外，我所认为的好小说，不是软绵绵的、不痛不痒的、琐碎啰唆的、要死不活的。我心中所想象的好小说应是粗粝的、凶狠的、直率的、诡异的、强烈的、干硬的、充满力量的——具有对现实的追问力量和艺术的隐喻力量，那么，只有神农架才能展示我心目中的好小说风貌。显然，城市和平原，都对我失去了兴趣。

我为什么要去神农架呢？或者说当时是出于什么样的考虑？你为什么不能写武汉？为什么不能写你的家乡荆州？我每每被人问到这些的时候会有多种答案，但现在想来，当时的冲动仅仅因为神农架的诱惑，它的诱惑实在是太大了——这是直接的冲动。我不否认，武汉有东西可写，我在武汉生活了几十年；荆州也有东西可写，我在家乡生活了二十九年。在我的家乡公安，人文资源和创作资源非常丰富，是鱼米之乡，明朝出过公安三袁，称之为“公安派”。但是，在世纪之交的时候，我感觉我的创作需要一种强烈的刺激，生活要有陌生感，要离我过去的生活经验远些、远些、更远一些。于是，我选择了神农架；另外，我在武汉有点待腻了，在文联作协大院待腻了。

我写过一篇文章，叫《天下最美神农架》——这七个字就是我对神农架的评价。神农架在湖北，是湖北人的幸福。神农架这么一个神秘的地方，它不是在大西北，不是在地广人稀的青藏高原，却是在咱们湖北省，确实是一个巨大的不解之谜。在湖北乡下每一块田地，都被开垦和耕种了，人烟稠密，哪还有原始之地啊，可神农架有，还有野人。这确实是湖北最值得骄傲的一个地方。在神农架，我所见到的山民，大多见过野人，认为这很正常，不是什么稀奇事。野人并非只神农架出现过，在四川有，在云南有，在西藏有，在陕西秦岭有。可唯独是神农架野人名满天下，全世界都知道——什么英国的、美国的、日本的，都在神农架拍过野人专题片。因为，一是在最不可能出现野人的地方，出现了野人，而且闹得很凶；二是见过的人最多，隔三岔五的就有人声称看见过野人。而且这些看见野人的人不是神农架人，是游客。除了野人，它还有许许多多神奇的东西和不解之谜。比方说九头鸟，天上九头鸟，地上湖北佬，这是埋汰、讽刺咱湖北人的，可神农架经常出现九头鸟，九个头都会鸣叫；还有驴头狼，驴头狼身；还有传得很凶的大癞嘟——就是大癞蛤蟆，有一脚盆大，长着毛茸茸的大爪子，在水潭里伸出爪子来抓岸上行走的人，你若用石头砸它，不出三分钟，你头顶就会电闪雷鸣，下起冰雹，把你砸得疼痛难忍，而其他地方却阳光灿烂；还有棺材兽；还有九节蛇——从石头上摔下来断为九节，九节都可行走，再复原为一条；还有恐龙，这有点耸人听闻——林区党办一位姓严的副主任送我一本书，他自己的回忆录，有一章就是写他亲眼见到神农架一水潭中一个大怪物的，可能就是恐龙，而野人据研究，可能是灭绝的南方古猿和巨猿，还有麒麟、怪光、鬼市、汪吼蛇，还有白色动物，在我们武汉动物园，就有来自神农架的白熊，熊都是黑的，只有北极熊是白的，有的说是白化现象，但动物研究专家发现，白熊是不冬眠的，好些生活习性与黑熊不同，还有白乌鸦、白蛇、白麂子、白金丝猴、白獐子，等等。除了这些奇怪的动物，还有许多许多奇怪的自然现象、地质现象，许多奇怪的植物，用千奇百怪形容神农架，是最准确不过了。神农架是中国中部地区最后一块神秘、神奇的神境。它除了神奇和风景优美外，再就是比较贫穷。这种贫穷的程度，在2000年，对我的刺激是非常巨大的。我无法想象，也不敢相信，如今农村还有这么穷。神农架有个高山平原，大九湖，我在大九湖旁的小九湖，看到有一家人家，说儿子还在乡政府做事，可进去，堂屋，光溜溜的，什么也没有；卧房里，喂一头牛，里面全是牛粪。另一间只有一张床，床上乱糟糟的。厨房里一个灶，几个碗。县扶贫办有一次到一个乡去扶贫，有个女的，丈夫得病死了，一个十几岁的孩子，守秋被熊咬死了，孤苦伶仃一个人。扶贫办给了她一百块钱，她什么反应也没有，没有说声谢谢。扶贫办就给村主任说这事，说这女的不识好歹，连感谢的话都不会说。村主任就去批评这女的，一问，才知这女的不知道这是钱，她从来没见过一百元的，见过最大的是十元的。我还看到当地的一些扶贫调查，缺衣少食也不是个别；孩子辍学的大有人在——因为没有学校，读书有的从六岁起就要到几十里外的学校去住读；没有医疗，没有通信设施，没有路，没有电灯，上一趟街和赶一趟集要走两三天。这种贫困山区的现状，对作家是极有冲击的。你如果也见到了这样的生活现实，你也不会再无动于衷，你的小说也就自然有了重量。你的目光不再会游移不定，你的笔下也不敢再虚伪。

另外，神农架这块地方，有着独特的生活方式，大山深处的农民与我们的生活方式是截断不同的。还有独特的文化。独特的生活和生产方式产生独特的文化。有专家把江汉平原与成都平原之间称为“巴楚文化沉积带”，大约也就是指三峡地区，而神农架正好在中间，它是川、鄂、陕、豫的接合部，巴文化、楚文化、秦文化、中原文化在此猛烈地碰撞，产生了奇异的火花。它的民歌，它的民俗，都很独特，比如，它的酒规就有一百零八种。进门一杯酒，谓之喝冷酒，敬酒就是自己光喝了，再斟满，放到被敬者面前。这是陋习也好，落后也好，必须遵守，跟谁喝酒都是这样。什么隔山杯、转杯、跳杯、催杯、发杯、留杯、赶麻雀、急流水、三响炮等，名字很有想象力。因为神农架的偏僻、封闭，它的文化有着一种异质，一种绝世的美，一种动人心魄的美，有着我们很陌生的一种壮丽景观。而且正因为它的封闭、落后，它可能保留了被我们现代社会摧毁的一切，整个快失传的价值观念、道德观念。就像珍禽异兽一样，被人类追杀，慢慢驱赶而退隐到了高寒地带、深山老林。未被污染的、未被惊扰的许多东西，在这块被人遗忘的、人类绝少踏足的地方牢牢保护住了。也许，只有这样的土地才会容忍、收留这曾经在我们身边存在却逝去了的一切。

有种说法，生活与小说离得很远。这是一种很流行的说法，也可能是一种托词。为什么呢？因为许多在生活中的人，却写不出小说来。“不识庐山真面目，只缘身在此山中。”其实不然，我通过在神农架的行走与生活，发现只要有心，可以将生活中的故事、素材，很容易转换成小说。并非像传统说的，要经过多长时间的沉淀、发酵，最后成为艺术作品。我的切身的感受是：只要是新奇的，激动过自己的，你经过了采访、调查、收集的生活素材，会有 80% 的把握变成好小说。举一个神农架小说的例子，我于 2002 年发表的《松鸦为什么鸣叫》，写的是一个叫伯纬的农民，与一个叫王皋的地主子弟，两人去修神农架的公路，因为施工艰难，伯纬答应王皋，如果王死在工地，他要把他背回去。果然，王皋被炸死了，伯纬为了一句诺言，背着王皋的尸体，几天几夜翻山越岭把他背了回去。伯纬后来在工地上也被炸坏了双手，回乡生产，在公路修好后，公路上车多了，车到这个叫皇界垭的地方，老是翻车出事故，而伯纬总是去救那些因车祸翻下山谷的车和人。这篇小说发表后，引起了广泛关注，在第三届鲁迅文学奖全国优秀中篇小说奖评选中，以全票获奖。而这个小说的素材正是我采访得来的。其他的如《狂犬事件》《豹子最后的舞蹈》都是这样得来的。

当然，怎样在生活里面找到有意味的素材来写小说，这是有技巧的，但我认为，吃苦是最重要的因素。许多人都去了神农架，现在的神农架是全国的游客向往的地方，有些能写东西的人回来却只能写一篇散文或几首诗。因为你是随团去的，听了导游的几句介绍，再买几本书，再网上找资料。这肯定不行，这就叫走马观花，无法真正地了解神农架的历史和今天，无法触及生活的内核。再如，有的人是开会去的，也有到一两家农家去参观听介绍，这么还是不行。我认为只有像我一样，避开众人，一个人，背着包，走村串户，进入深山老林，找那些打猎的、采药的、伐木工人、山民，好好地了解，要睡在他们家里，要不怕危险，不怕虱子、跳蚤，还要不怕神农架的山里的赶山狗——就是我在《太平狗》里写的那种狗，这样，你有可能写出好作品。

怎样让神农架进入我的小说中去呢？这个问题对所有的写作者都是一个考验。比如你在工厂，怎样让工厂进入你的小说？武汉有这么多重工业，有武钢、武重、武锅，但几十年来却没有出蒋子龙这样的工人作家。而现在，写紧张的劳资关系或者说工厂的代表作是《那儿》，一个深圳的大学老师叫曹征路的写的，也不是工人。你假如是白领，你能写出白领生活的小说？你是医生，怎么把医生和医院的故事写好？

我去了神农架，吃了一大堆苦，未必就能写出神农架，写出好小说。那么，我是怎么写的？

首先，你得分析一下你能写什么。或者说你崇尚什么样的写作，你对自己有什么期望？我崇尚的是真实、坚硬、疼痛、感动。那么，我心中有了我所需要的东西，我就可以凭着这些期望去处理我的素材，进行取舍。

在那种贫瘠的地方艰难、坚硬地生活，那些进入我的视野的故事，我的写作敏感就能迅速捕获到。

其次，你要弄清文坛和读者需要什么？如今的文坛，大路货多。所谓大路货，就是大家都知道的，没有什么特色的小说。打开网络，一大堆网络写手，这个时代写作的门槛越来越低，仿佛只要会敲字的人都可以在网上搞文学创作。而这些小说，都是写身边的琐事，写小感动的、小哲理的，写白领生活的、校园生活的、市井生活的，写性的、情感的。这些我们太熟悉了，没有陌生感，产生了阅读疲倦。我们的小说缺乏对社会的深层次的精神层面的思考，缺乏对现实的鲜明态度和立场，缺乏一种作家本应有的政治情怀。我们的情感爆发倾向与世俗太过从亲密，审美趣味流于时尚浅薄。我感到，文坛可能更需要一些珍稀的东西，人们被遗忘或者被歪曲的东西。在流行的审美趣味之外的，在我们未曾涉足的，在很陌生的领域，生活场景，话语，表达方式，文本，都很新鲜。一句话，就是与文坛反其道而行之。比方说，文坛太软，你来硬的；文坛太甜，你就来苦的、咸的、涩的；大路货多，你就来稀罕的、异类的、古怪的。所以，我庆幸有对我小说的评论中，会听到“闻所未闻、骇人听闻、惊心动魄”这些词，这让我很高兴，有点暗自得意。就是要对抗大路货。再是，文坛假的多，回避尖锐的现实，不做正面进攻，我呢？挺身而出，迎难而上，大不了去堵枪眼。我如实地把我在神农架看到的真实农村写出来，我就比别人具有了勇敢的优势，何况我的技术不差，语言不错。比如，我写的《马嘶岭血案》《太平狗》和《母亲》等，准确地击中了社会的痛处，引起了读者普遍的共鸣，它们受到的欢迎是可预期的。

那么，怎么写我心目中的神农架呢？写小说无非就是写什么和怎么写。前面我谈的是写什么的问题——写神农架，但怎么写却是小说创作中最重要的。神农架，许多作家都去过，许多作家也写过，但成功者鲜见。原因各种各样，对我来说，我想，有这几点需要注意：

一是充沛的激情，良好的心态，极度的自信。一般来说，自己有某种预感会是好小说的，写出来定是八九不离十的好小说。但也不能虚妄。有的作者常问我：我这个小说写出来后会不会轰动？我这个小说会不会畅销？我这个小说会不会得奖？这些作者不仅虚妄，而且浮躁。你的小说连出版都很困难，怎么老想着轰动和畅销呢？获奖的事，不过是写作的副产品，是可遇不可求的，你老想着这些，心态邪了，因虚妄而自卑。所谓自信，是踏踏实实，一步一个脚印的自信。有了好的素材，好的构思，完全投入进去，感染自己，点燃自己。

二是必须和你的小说一起进入神农架特有的氛围和情绪中去，放大它的特点。要明白这不是在写一般乡村小说，是带着残酷的心态写的，不要手软，要舍得下刀子。狠狠地写它的特点，忽略其他，少搞雕琢，实打实干。跟写石头一样的心肠硬，这个小说只姓陈应松，不姓其他。这个小说是自己一个人在山里挖的，不是学来的，二道贩子贩来的。

三是有语言匹配的问题。我希望我的语言也像石头一样响亮坚硬，有沉闷的回声感。大山里的生存是怎样的，你的语言就应该是怎样的质感，语言必须有山的简朴、坚韧的力度。我追求十分独特的、怪异的、充满光芒的语言。喜欢语言好的读者是最好的读者，他们懂得汉语的美是由一些好作家保持和运用的，他们到处在寻找这样的作家。我乐意成为他们寻找和喜爱的作家。

四是恰到好处地运用当地的文化和自然资源。在这个问题上必须十分小心谨慎，不可滥用，既像神农架，又不是神农架。它的生活习俗、风景风土、方言俚语，都要有所取舍。我在小说里，对神农架的景色描写是不遗余力的，使之更像神农架。但在方言上，我只精选了几个，具有强烈表现力的。还有民歌，也是偶尔用一首，荤民歌，要选取稍微含蓄的、俏皮的、智慧的。婚丧嫁娶的场面，不能局限在神农架，可以参考湖北其他地方的风俗，使之真真假假，虚虚实实，更富表现力和代表性。为了用好这些人文资源与自然资源，我在当地深入生活时，进行了大量的日记素描，山区的早晨、傍晚、天晴、下雨、春天、秋天、下雪等的景色，大量的动物、植物、地质地貌的了解，这种积累，就是为了使你的小说更有地域实感，更让人真实可信。

五是牢记文章不厌百遍改。我的这些神农架小说，完全是辛苦改出来的。年轻时我被称为快手，一个小说一遍成功。但写神农架小说的时候我突然十分慎重，战战兢兢了。也与年龄的成熟有关。特别是因为这些素材的得来太不容易，有些要冒着生命危险，所以你不敢怠慢，生怕写砸了，否则所有的辛劳和冒险就付诸东流。所以，像《松鸦为什么鸣叫》《狂犬事件》《马嘶岭血案》，都是重写过的，不满意就推倒重来，一直写到自己满意为止。我至今是用手写，不是用电脑。我所谓的“改”，就是重写，不是在电脑上修修补补地改。这样虽然费力费时，但可以保证写出来的东西是慎重为之的，写一个就是一个，不要轻易拿出去。若改到炉火纯青，基本再不会动一个字。这样你的小说是对自己负责，也是对读者尊重。

神农架是一个充满了魅力的神奇的地方，因为遥远而变得充满意味，她有可能是我们现代人最后的精神家园，一个精神皈依。我的小说完全得益于神农架山民的生存精神给我的滋养，得益于这座大山的气质。

在今天这样一个令人担忧的时代，文学的生存受到了巨大的挑战，无论怎样得意和自信也不能解决问题。无论你把文学抬到多高，文学还是在边缘挣扎。在文学的生存空间越来越狭窄的形势下，作家应当自重，自律，自强。把握自己，力戒浮躁，沉下心来，真刀真枪，对付以低俗害人的文字垃圾，对付其他强大力量的侵占。文学在这时候，特别应当提倡它的品质，它的情怀，它的价值。文学优雅而充满战斗性，高贵但是有平民精神。它要替这个社会许多无助的人说话。文学必须保持警惕，不能松懈斗志，不能玩物丧志。纵然你很弱小，你很无奈，但你可以去远方，救自己，避开诱惑，抵抗昏睡，书写真实，拥抱真理，关注民生。我是想用神农架来照亮我灰暗的人生和内心，一旦这些想法变成作品，也最终会照亮别人。信不信由你。

农村小说怎么写？

·在湖北省农民作家培训班上的演讲

农村小说怎么写，是一个问题，而不是一个经验的传授。农村题材各有各的写法，我的经验并不能代表你的经验，你也未必赞同我的经验。我今天是来跟大家一起探讨农村小说怎么写，不是我来传授农村小说怎么写。我昨天刚从犁耙水响的荆州乡下回来，看见你们很亲切，我也算个农村题材小说作家吧，算半个农民吧。应该说我们有共同的追求，共同的兴趣，共同的话题来进行共同的探讨。

农村题材的优势

农村题材这四个字是否准确，有很多争论。是否应叫乡村题材？乡土题材？大地题材？自然题材？有人说你是不是写农村题材的？我说我是写山区的，神农架山区，叫山区题材作家。还说我是乡土作家，但更多的说我是底层文学、底层叙事、打工文学什么的，还有环保作家、生态作家，这都是可以的，但它有一个总的指向，是在写农村。我们姑且把它称为农村题材。这是理论界的一个问题，我们不必要太较真，不要管它。农村题材是相对于城市题材而言的。农村题材的小说是有传统的，古今中外出了数不清的优秀作家和作品。这些作品当然也不全是写农村乡村，但至少有农村生活的场景，有农耕时代的影子。比方说，哈代的《德伯家的苔丝》、托尔斯泰的《复活》、斯坦贝克的《愤怒的葡萄》，还有福克纳的一系列小说，也是写农场，写小镇，写狩猎的。特别是拉美的魔幻现实主义小说，基本上是写山区农村的荒凉、混乱、贫瘠的生活，比如，胡安·鲁尔福、阿斯图里亚斯、马尔克斯、略萨等。还有法国自然主义小说，如吉奥诺的《庞神三部曲》《人世之歌》，还有他的学生卡里埃尔写的《马鄂的雀鹰》，都是非常优秀的小说。还有获诺贝尔奖的赛珍珠写中国安徽农村的小说《大地》、杜拉斯的《阻挡太平洋的堤坝》、西班牙的伊巴涅斯——这也是一个非常重要的写乡村的小说家，如他的《茅屋》《五月花》《芦苇与泥塘》等，这些作家我大多受过他们的影响。因为有这么多优秀的作品我们可以学习和借鉴，所以说这种小说是有它的优势的，具体表现在：

它是有传统可以继承的一种写作。城市题材难一些。农村题材的书写经验是非常丰富的，作品可以说是汗牛充栋。前面我说了外国的作家，在国内，几乎南北大地都有大家存在，北方有萧红、浩然、刘绍棠、柳青、赵树理、孙犁、莫言、张炜等，南方则有鲁迅、茅盾、叶圣陶、沈从文、周立波——他曾经用湖南方言写过《山乡巨变》，还有丁玲、汪曾祺等。城市的书写经验几乎为零，这是一个奇怪的现象。在现代文学中值得一提的就是一个张爱玲，当代的就一个王安忆，这是公认的。王安忆继承了张爱玲的书写经验。而写农村题材的作家在方方面面进行了探索，关于人物怎么样塑造，它的语言怎么样使用，怎么样使用北方的语言、南方的语言，它的结构，它的故事的框架，怎么样开头，怎么样结尾，都是比较清楚的，可以拿来我用。只要多读，你就能写。比方说，姓名，写农村题材的，女的要用荷花呀，桂花呀，秀呀，芝呀，英呀；男的就用二狗子、三蛋子、咬脐、和尚什么的，这是约定俗成的，也是非常成熟了的，这么写一下子就有了乡土气息，她不可能叫玛妮亚、安妮、娜娜之类。再如，“哩”字的运用，这已经很成熟了，我认为中国有一批“哩”字主义作家，这个字是农村题材小说专用的一个字，城市题材是少见的。只要继承了这个哩字，孙犁的味儿、刘绍棠的味儿就出来了，风格也出来了。后来，用哩字非常成熟、达到了登峰造极的地步的就是张炜。过去在孙犁老一辈作家中，这个字是用在正面人物身上的，它表现的是农民的淳朴，乡下女孩的羞涩，小伙子的憨厚。在张炜的手上，把它用在坏人身上了。坏人也可以用“哩”，这就是一个进步。哩字北方作家用得多一点儿，南方作家也用，我就用，但我后来用一个“咧”，“咧”有着我们长江流域荆楚土地的一种情调。但有时候非得用哩，而不能用咧。由此进入，很容易造成事倍功半的效果，一下子就像有了一个大家高手的风范，不信你们用这些字眼儿写写看。

只要是写乡村的，你的写作一下就有一种超越感，比起城市那种小资生活的暧昧、孤寂、茫然、惶惑、变态，乡村小说相对容易把握些，城市题材不好把握，写人都是莫名其妙的、变态的、恍恍惚惚的。写农村生活和人物就不存在这个问题，可以一下短距离地进入到我们的现实生活，人就是那样明明白白的人，事就是那样清清楚楚的事，不像城市总像是摸头不是脑的、千头万绪的、扯不断理还乱的东西，比方说，感情啦，官场的尔虞我诈啦，商场的波诡云谲啦之类的。乡村小说可以一下就直通通地面对我们严峻的现实，以及人的生存状态。无法让你拐弯抹角，隐晦恍惚，吞吞吐吐，语焉不详。因为“三农”问题直接、明显，明摆在那儿的，你绕不过。我劝过许多人，你明明出身在乡下的，你有那么多真实美好的故事和记忆，非常宝贵的，你不写，偏要去编造城市高级别墅的生活。写又找不到感觉。写城市题材如小资、白领、情爱题材总是写得艰涩、困难，出不来人。而写城市生活如小资，局促在一个密室中，是在一个很小的狭窄的空间里，且是喃喃自语。写乡村一下子就是大视野，非常开阔，这种开阔是城市题材小说特别是那些没有生活胡编乱造的青年作家们望尘莫及无可比拟的。它不是写小空间小情感的，自恋，变态，哀怨，神经质，自虐，矫情。乡村生活没有这些，不存在这种种毛病。一般来说，是健康的，明朗的，向上的。你进入的是广大的原野，无边的群山，你只要写，整个世界，整个大地都是属于你的。你尽可以舒展驰骋，精骛八极，上天入地。

乡村特点突出。比起城市题材的那种哀哀怨怨，卿卿我我，农村题材是有特点的。现在所谓市场化、全球化、现代化、城市化就是西方化的过程，所谓的现代化就是西方化。新农村建设也就是城市化的过程。我们中国作家代表团到韩国去，谈到新农村建设，说是学他们当年的新村运动，他们的农村真的是建设得很好了，我们去他们的村庄看过，这种变化就是得益于当年朴正熙的新村运动。可他们却说，千万别学他们，你们的新农村建设是错误的，他们认为他们的新村运动是失败的。即整个韩国包括乡村都西方化了，传统的东西都没有了，价值观都变了。这十年二十年间，城市飞速的发展，快速的进步，使各个地方的传统文化迅速地消失，比如我们武汉好多的老街都拆除了，过去的记忆没有了。开发商的短视，官商勾结，追求利益的最大化、优先化，传统和文化记忆成了被剿灭和摧毁的对象。我们的城市与城市之间没有了什么区别，楼房一样的，只是比高度和怪异而无内涵。像广受诟病的中央电视台的“大裤衩”就是城市畸形发展的怪胎，西方化的悲剧。

此城市与彼城市大同小异，人们住同样的房子，在同样的写字楼里上班，同样的朝九晚五，全国的婚礼一样的了，穿同样的婚纱。武汉与沈阳有什么区别？上海与深圳有什么区别？城市人的生活有什么区别？特别是各地的小资和白领有什么区别？没有区别。建筑有什么区别？也没有。你在上海喝的咖啡跟武汉喝的咖啡有什么不同？没有。你穿的名牌服装，上海穿的武汉一样穿，同时流行。使用的手机，一样的，使用的化妆品，使用的汽车，一样的，逛的超市都是一样的，反正就这些。生活的同质化非常的严重，城市独特的文化景观消失是惊人的，大量的破坏、消亡。那么我们的农村呢？那就不同了，大为不同，这就是我们的优势。乡下有所谓五里不同风，十里不同俗之说，独特的文化习俗，独特的生活风情，使得河北跟湖北绝对不同，湖南跟河南肯定不同，贵州苗族、壮族跟西藏藏族，跟东北鄂伦春族肯定是不同的，而且就算是一个地方，可以写出完全不同的乡村小说来。我们湖北每个县也不同，文化习俗差别非常之大，连语言都不同，一个县有几种方言很正常。我上次与叶文玲老太太在一起，她说她们那个县——玉环县，是一个岛，她说她们县里有十几种方言，不用翻译完全听不懂。农村因为发展相对滞后，或者与发展没有关系。我估计，如果能复制录音的话，在某一地，四百年前的人跟今天的人讲话口音和方言肯定是一样的，肯定没什么变化。语言是顽固的。我看到我们公安的三袁，公安派的袁宏道，在他的文章中使用的方言，今天我们依然在用。因为他喜欢用俚语俗词。包括更早的屈原时代。屈原的诗中用到的湖北方言我们今天依然在用。比如，屈原在《离骚》中有“揽茹蕙以掩涕兮，沾余襟之浪浪”。这里的“浪浪”过去做“流泪状”解。但现在有人认为是指衣襟、衣裳的单薄。这很有道理。我们荆州方言中说衣裳很薄就说“浪浪甚”“穿的丝绸浪浪甚”。你看两千多年前与现在的方言有什么不同？我们荆州的方言中有许多古语，比如，说“今天”，我们叫“即日”，说人软弱叫“孱头”，“礼貌”我们叫“礼性”，“天气”我们叫“天道”，乡村顽固地保存了我们民族文化的特征。当然还有不同的风土习俗、生活方式、生存环境等，比方说你写一个农村小说，你虚拟一个地方，鄂东的是鄂东的情调，鄂西的是鄂西的味道。江汉平原的是江汉平原的风情，三峡地区的是三峡地区的习俗，这个是不能混淆的。可是城市生活可以混淆，我写一个城市小说，我写上海，写完后我在电脑上把上海全部替换为深圳，这是可行的，别人看不出来。可农村小说却是不行的。正因为如此，我们农村小说表现的空间就非常巨大，可写的东西就非常多。现在各地研究本土文化的很多，本土文化是一个挖掘不完的、无穷尽的宝藏，提供给农村题材作家的东西也是无穷尽的，丰富无比的。

乡村山水、自然的描写比城市更丰富。这一点我深有体会。大家看我的神农架小说，既写它的河谷，也写它的山冈，山上的植被，山村的景色，各种山川风物。就是那些植物也够你写的，山啊水啊，动物啊飞禽走兽，尽可以成为你笔下的内容，而且写起来美，美不胜收。那些植物的动物的名字，那山里、大地上的早晨、黄昏、夜晚、天晴、下雨、下雪、春夏秋冬等，叙述描写起来，都比城市丰富、生动、美丽、壮观、新奇。城市连一棵野草都找不到的，不好写。我在荆州，办郁金花展，要我去参观，我不去，我说在神农架什么花没见过。城里看到一点儿花就很兴奋，可农村到处是闲花野草，不会大惊小怪。前不久我到江陵秦市乡去采访，看到田埂上大片大片的野芹菜，没人采摘。当地人说这个猪都不吃。可城里根本吃不到野芹菜，吃到了还很贵，如是在城里，人们不要疯狂抢挖呀？有懂中草药的又在那儿认出了什么天门冬、麦门冬、半夏、桔梗等，遍地是中草药，你只要去认识，各种各样的，乡村真是美，东西真多，可入小说的东西俯拾即是，写进小说里面斑斓纷呈。城市光秃秃的，没有这些东西，乡村是属于大地的，大地的恩赐钟情于农村。

乡村的道德、价值观都是恒定的，而且是厚重的。这是非常非常重要的一点。你要写乡村就必须写我们乡村保存下来的那种传统美德，这也比较容易把握，它比写乱伦，写同性恋，写失恋、变态、一夜情、虐待狂更有意义。这些当然也可以写得有意义，但要大家高手来写。写城市题材的作家特别是比较年轻的写手，写去写来就是那些玩意儿。城市是飘浮的，无根的，是没有根基的。而乡村的伦理、价值判断一般不会出问题，是有深厚根基的，很能引起共鸣。可写城市的那些东西，你很难接受，那些感情很难被人认同。而乡村比如你写媳妇孝敬老人，这是对的，有根基的，就是要孝敬老人，赡养老人嘛，它是中国人的传统美德。乡村题材小说，很容易被评论界和文坛认可，他会说你厚重，深刻。厚重这两个字，往往用在农村小说和农村题材作家身上，不信你们去看。说城市小说写得很厚重，这种评价很少。因为农村的生存条件是相对恶劣，农民是相对贫困的。而城市小说写的事都是吃饱了撑的，无事生非的，如写偷情哪，无聊哪，耐不住寂寞哪，孤独哪。写农村就必须写人的命运，人与严酷的生存环境和命运搏斗，在搏斗中所显示出的中国农民的特质，某种英雄主义气质，善良、忍耐、坚韧、不屈，等等大美的东西，这些东西都可以表现得淋漓尽致，气势磅礴，小说的基调也是非常好定的。最主要的是，很容易获得承认和认可。城市小说我认为基调不好定，写是游离的、飘浮的，很难进入。

乡村是我们共同的家园，特别是我们的精神家园，这个也很重要。它是有东西可以存放和寄托的。而农业是我们生命的根，立命的本，活命的泉，“三农”问题又是我们社会最关注的问题，至今还未找到好的出路，是非常重大的现实问题，因而有大量的东西可以写，可以挖掘。在经济全球化的今天，农村许多消失的文化、生活方式和美丽的大自然又是我们忧心忡忡的，如道德的败坏，乡风的恶化，河流的污染，农民读不起书看不起病，农民作为这个社会最没有发言权的弱势群体，他们的生存现状，是我们每一个有良知的作家必须面对和关注的。现在当然中央开始重视“三农”问题，新农村建设也进行了很大的投入，大家知道的，如土地平整、沟渠硬化、乡村低保、医保，但都在起步阶段。所谓的小康，标准也是低水准的。农民家里还是很穷。我去采访了乡下的富人，家里有几百万上千万的，他们家里的摆设，他们的生活质量，还不如一个城里的下岗工人。他们家是蹲便式厕所，没有坐便器。他的电器，他的床上的用品，他的整个生活方式，还是二十世纪七八十年代的。我采访了一些村主任，都很富有，但生活质量不高，说是有钱，穿的内衣还是浑身起球的化纤衣裳。他们有钱也买不到，大量廉价的伪劣产品都倾销到了乡下，有钱也买不到好的，大超市也到不了农村。农村方方面面的问题都没有得到解决，因此文学可能会为此助一臂之力。当年如农民负担过重等问题，农村题材作家用作品给予的呼吁，就为取消农业税做出了作家应有的贡献，包括农村题材小说作家和报告文学作家。我们是有所作为的，不是无所作为的。

困难的农村小说

我前面说的是它的优势，其实，农村题材的小说和写农村小说充满了我们意想不到的困难和挑战。

一是农村题材的小说传统又是不可以继承的。那种认为我可以成为浩然第二，柳青第二，赵树理第二的想法是极其错误的。因为作家只能是独创性的，我的小说可能有某人的影子，但我不是柳青的直接传承人，我也不是周立波的直接传承人。国外作家我也不是斯坦贝克的直接继承人，也不是哈代的直接继承人。有些自称是某人的学生的，也不可能小说是一样的，在风格上很不相同。前面我说的卡里埃尔是吉奥诺的学生，但你们去看看他们的小说，是多么的不同。只不过他们都写了一个地方，法国的普罗旺斯高原。就是题材相同而已，只不过继承了自然主义的这么一种写法，写得诗意、细致，也写得很严酷。某人的风格我们可以学一学，这个无伤大雅，也可以用“哩”字，但如今你要想获得文坛承认，在农村题材小说中闯出一片自己的天地，有自己的一席之地，非常之难。

不可否认，湖北农村题材也是有传统的，中华人民共和国成立后，特别是二十世纪八十年代开始，出了一批作品，但这些作品现在看有些是站不住脚的。农村题材小说很容易跟风，很容易弄成主旋律。后来，又出了一批作家如刘醒龙和我，方方也写了不错的农村小说，如《闲聊宦子塌》《奔跑的火光》，还有刘继明，等等。这些都是写农村题材小说在全国很有影响的。农村小说出新非常难，这就是一些本来出生在农村，却喜欢写城市小说，写白领丽人、豪华酒店、高级别墅的原因。当然还有别的原因，比如自卑，不希望别人说自己是乡下人。他也没到高级别墅生活，他总是写那种高级别墅。他觉得这些容易写一些，时尚些，前卫些，后现代些。常言说得好，画鬼容易画人难。有人就不敢碰农村题材，因为农村题材小说在中国非常成熟，各种风格主义都有了，各种写法都被人写了，写尽了，你总逃不脱那些窠臼，那些模式。要么写得飘，浪漫主义；要么又写得太实，很难把握，很难玩新花样，你会有总是在人屁股后头的感觉。

二是后税费时代，农村的矛盾不那么尖锐突出了，甚至平息了，有的是隐蔽了，遮蔽了。比如，农民与政府间的矛盾，村民与村干部之间的矛盾，过去催粮派款，拆你的房子牵你的猪捆你的人，现在没有了。村干部不敢了。我采访了一个村主任，他说，我过去一年收六十几万元款上来，搞夏征，一个月、两个月就收上来了。现在收三万多元收不回来。过去很简单，去收款，一根绳子背在后头，你交不交，不交就把你一捆送到乡政府。现在他跟你论理，说别村里都不交，再是说你服务没搞好，没争取到项目，别村为什么搞土地平整我们没搞？别村道路硬化乡村整治，你们给我们村民带来了哪些好处？什么都没搞凭什么要我们交钱？你跟他解释半天，他又说我没钱你把老子怎样？扭头就走了，你干瞪眼，你又不能抓人。他动不动就跟你打官司，现在农民的法治意识法治水平也提高了，这样作家有力使不上。过去我写个坏村主任，催粮派款坏事做尽，可村主任们现在没这么做的了，你不能硬生生地把他放在对立面，你怎么写？现在我直犯困惑。

三是乡村生活与现代阅读的兴趣有落差。乡村生活节奏跟当代生活节奏是不同调的，导致阅读的障碍。

四是人们审美，越来越时尚化，城市化。加上出版的商业化，农村题材的小说很难出版。加上城市价值观的颠倒，乡村生活的无趣、贫苦、单调，所写的内容对城市人兴趣不大，没劲儿。加上当代年轻人崇尚的叛逆、愤青，与乡村道德又是相悖的，可能会被人认为陈旧、过时、老套。它还面临另外的两难，你写明亮了，会被认为是主旋律，歌德派；写灰暗了，揭露了一些问题，又会被认为是给社会主义抹黑，专写阴暗面，难以通过和承认。我自己就是一个典型的例子，到现在某些领导还在说我写得太灰暗，太沉重，没有光明面，专写农村的落后。真不好写，我写真实了，上级不高兴，我讲假话，良心又不安，读者也不买账。真是两只手提篮上街，左难右也难。

农村作者的写作策略

一是与生活保持距离。现在和过去都是提倡贴近生活的，贴近生活是我们这些作家，这些在城里的乡土作家。我们没有生活，连泥土都没看见过，泥土和植物的气味都忘记了，怎么写乡村？你们不缺生活，恰恰你们生活多了，多了是个负担。为什么农村题材的知名作家不是在农村而是在城里呢？我们可以找出很多原因，他们与农村保持了一定的距离是主要的，距离产生美。与生活保持一定的距离，你才能看清农村。我在这里不客气地说，农民作者因为见识的比较缺乏，可能会出现小气、短视、肤浅，看问题拘泥于事物的枝节，一时一地，而忽视了它的重大内涵、意义和意蕴。比如说，怎么取舍。上次我与方方在鄂西，跟当地作者座谈时，我说过，本土作家生活太多了，你不厌其烦地去写你的哭嫁，写你的丧俗，你的山歌，它会伤害到你的作品，堆砌这些东西，没有任何意义。本来是一个很有意义的东西，最后变得没有一点儿意义。要取舍，要综合。他说我这里就是这些呀，我不写这些写什么呢？但我不会这么写。比如，我也写神农架的婚俗，我不写一地的，我掌握了大量的资料，我把其他地方的加进去，更有表现力。写丧俗，我也加了别的地方的，比神农架丧俗更有意思的。反正神农架是虚拟的，我写的都是湖北的风俗，典型化一下，有什么不好？

再如，那些太琐碎让人难以明白的事情要跳过，不然你交代半天别人还是不明白，又没有意味，叙述沉闷、拖沓。现在农村的村干部甚至乡镇干部工资多是转移支付，你写这个转移支付，解释了半天还是解释不清楚，就是搞懂了又有什么意思呢？又没有语言文字美感，你就要绕开这个，就说工资多少吧。不必要说村主任的工资是五千块钱，两千是乡里给的，其余是通过什么什么来转移支付的，你看多没意思，它破坏你的叙述，你叙述的节奏。你要不停地绕开，要该虚的地方虚一些，小说就是虚构的文本，要后退一步。你们差的是综合能力，提炼能力，技巧，视野和笔力。不能你是哪里的就老实写哪里。比方说你是江汉平原的，你写东荆河，不能就写东荆河两岸的所有都可考证的东西。东荆河是个筐，什么东西都往里面装。你们对生活的书写要克制，不能太细，太琐碎。

二是认清“乡村”这两个字的价值。这一点与前面一点有关联。不要太实，但也不能太浪漫主义，两者必须把握拿捏得很好，很有分寸。太实陷入事务主义的叙述，太虚又会回到二十世纪八十年代所谓浪漫主义书写。要掂量掂量再掂量。说白了就是不要太现实主义，也不要太浪漫主义。要认清乡村，这两个字代表什么？是现实生活？是“三农”问题？这没错，我也赞同，但是乡村更重要的是一个巨大的象征物。乡村对文学，对当代社会，对我们所有人，是一种精神取向，一种价值取向，是能寄托、寄放、寄存我们整个灵魂的地方，而不仅仅是一个现实问题的表达和书写。乡村是我们的归宿，是我们的乡愁，是我们的梦境。乡村还代表大地，有一种非常宽大的胸怀，是生命、生存、生与死的所有的表演场。你的小说不仅要让农民喜欢，还要让更多城里人、知识分子关注和接受，你才达到了你写作的目的。

三是不要太实又必须很真。真一点儿，是我的一惯主张。农村题材本来要求真实，可是，作家们就是写不真实，这很奇怪。我还是要提请大家注意二十世纪八十年代的农村小说，有多少是反映了当时农村的真实面貌的？有一篇写过农村是贫困的吗？如果有一篇，这就是路遥的《人生》，一部非常优秀的小说。大部分所谓得奖小说，所谓表现了农村新面貌、新生活、新气象的，现在看，很假，很做作。一直到如今，我们的作家依然在虚情假意地写农村。以电视剧为例，赵本山的那些乡村故事，我认为是不真实的。莫非东北农村这么富了？农民都在度假村上班？农民不是这样的。这说明了我们作家抗压性是低的，很容易迎合官方的趣味，特别是戏剧、影视。我们的农民作者一定不要去迎合别人的口味。有的作者是因为生存的需要，或缺乏自信，意志力不坚强，不能挺住。再或者说报纸、电视的暗示，审查的框框，写出来的作品虚假，不敢真实地反映乡村的矛盾和自己的看法、观点，认为那样写肯定是不行的。不过我倒要反问你，为什么又不行呢？

还有的受老一套写作方法的影响，认为只有写美，写诗情画意的东西，而写乡村的混乱、贫困等不符合写作教义，又不好把握，发表。这是一种误解。写混乱和贫困就不美吗？写好了一样是美的，更美，是一种大美，壮丽的美。农村是什么就写什么，不要回避问题和矛盾，这样的作品才有力量，才能震撼，才能镇得住人，才经得住历史和时间的考验。大家不要有负于历史，要为农村留下你们真实的声音。

实是技术问题，而真是一种态度，这要搞清楚。我举自己小说的例子，《狂犬事件》，这是写税费时代的一个村主任的。当时《松鸦为什么鸣叫》没得奖之前，《狂犬事件》比《松鸦为什么鸣叫》还有名，因为在上海得了奖，后来因《松鸦为什么鸣叫》而被遮蔽了。它就是真实，真实地表现了一个山区的村主任。他是一个好人，又是一个坏人，心理还有点阴暗，想报复别人。你不能只写他是个好人。像这种灾难小说，也有那么写的，如加缪的《鼠疫》，写的就是一个几乎圣洁的大好人里厄医生，这是一种写法。我写的这个村主任在疯狗进村后他带领全村人是怎样转危为安，制止这场混乱的。说实话，你也可以把这个村主任写得很好，十全十美，是个完人。我写的这个村主任是有好有坏的人，好事做尽，坏事做绝。还有一大帮子人，性格各异。这就让别人说我写得很真实。在上海评奖时上海评论家王宏图这么评价：在描绘农村生活的作品中，这是一部很有力度的作品。它借一个突发事件，深刻地展现了当今乡村社会的众生相，将人与人之间复杂微妙的关系表现得淋漓尽致。村主任这个人物塑造得特别真实，他不是一个概念化的人物，他在上级镇政府与村民之间费力地周旋，那种种无奈、惶恐表现得相当真切，给人留下了非常深刻的印象。另一个评委、评论家唐静恺说：村主任赵子阶的形象塑造得最为生动饱满，入木三分，展示了作者对人物内在世界剖析的深刻和扎实的艺术功力。还有一些评论，大家在网上可搜索到，说这个村主任是独一无二的，在过去是没有见过的。

四是要善于发现。有人说你陈应松写的《马嘶岭血案》这是四十多年前的旧事，有人听说过。的确这是一个旧案，就发生在神农架韭菜垭，两个挑夫杀了七个来神农架踏勘的国家林业部和省林业厅的技术员。我把它写成了寻金矿的教授和博士硕士。那两个挑夫是两个坏人，是有偷盗前科的，我写的这两个农民挑夫却是好人。我在神农架挂职时听到这个故事，发现很有意义，我决定写成小说。如果就按原样写，时间不变，也是一个不错的小说。但我想如果是现在他们会不会杀呢？说不定他们会杀得更彻底，如果按我的构思的话。你光有生活不能发现是不行的，总会让别人抢先。这个故事几十年了为什么没人写？要发现某件事中深刻的东西，闪光的东西。要相当的敏感，敏锐，不能麻木。要发现它重大的社会意义和存在价值。这也不是一个技术问题，依然是你的立场和态度问题。农村作者你们有生活真的是幸福的，我在乡下采访一天都会大有收获，你们该有多少可写的东西。要仔细地想想，要分析，哪些是值得我写的。有些小事可以写出很震撼的小说，大事倒不好写。有人觉得是个事，你觉得这不是一个事。我们缺少一双犀利的独具的慧眼。

以上四点我认为是农村作者最需要亟待解决的，至于其他，如勤奋、多读书、坚持、思考那都是必需的，不必要我在这里啰唆，重复。怎样写语言，怎样编故事，并且让你的小说有意味，让文坛青睐，这当然也很重要，但技术性问题都是容易解决的，只要自己慢慢琢磨，多多写作。但我认为你们如能解决好以上四个问题，你们就会掌握到写作的根本的东西，会让自己飞快地向上提升。

最后一个问题我是泼冷水的，给在座的泼点儿冷水。

这个问题我本来不想讲的，怕伤你们自尊。但我前思后想还是讲讲。虽然我们参加了这次难得的培训班，听了这么多作家教授讲课，但这并不能解决你们写作的问题。有的悟性高，有的悟性差；我也有我的一些学生，有的一点就通，有的怎么说都没用。有的是外省的，听了我的话，教给他们怎么写，现在很有成就，经常有作品在选刊上出现并且获奖。另外，有的有写作时间，有的又家庭环境不好，生活压力太大等种种原因，可能成为作家的终不会多，你们中的绝大部分最终会放弃写作。我在这里不想作太多的鼓励，鼓励你们那可能是害你们。写作是一个漫长煎熬的过程，是一个折磨自己的过程，是一种遥遥无期的苦刑。对农民作者来说背不起，也不划算。我希望你们中能出一个新柳青、新浩然、新周立波，写出新的《创业史》、新的《艳阳天》、新的《暴风骤雨》来，但这何其艰难。

因写作改变命运的在我们省里不是没有，过去就有不少，但现在不是文学的时代。我们那一代，只能靠写作改变命运，叫着千军万马过独木桥。现在想改变命运，道路太多了。我倒是劝农民作者中有什么发财的办法，最好不要从事写作。我过去在县文化馆，也认识一些基层作者，特别是农民作者，为出一本书，把自己的房子都卖掉了，家人没地方住，出来的书自费的，别人也不承认。我还认识一个乡下老作者，为写小说一辈子没结婚，我们到他家去，烤火时头上有东西往下掉，发现是蛆，抬头一看，头上是一刀肉，生了蛆。我们说你还吃呀，他说是盐蛆，可以吃的。现在可能老了吧，或者已经去世了，写也没写出来，这不是文学害了他一辈子？你明知道他写不出来，这个样子了你还去鼓励他，这就是害别人，把别人往火坑里推。你为什么不及早告诉他，写作是很艰难的，你赶快改弦更张，你最后很可能失败，以失败而告终，什么也不会落下。你应当过一个正常人的生活，结婚生子做点儿生意多好。这些人与事是很令人心酸的。我写过一个中篇小说叫《乡村纪事》，就是以一个早夭的公安县业余作者为人物原型的。也是一个农民，民办教师，生活非常困难，血吸虫病死的。带病写了那么多，什么都没有发表，一个悲剧。这种悲剧会在许多农民作者身上重演。

写作应该是衣食无忧后的一种爱好，一种业余喜好，不要把它当作主业。你们充满困难，如果有抗压性，有很不错的悟性，有时间，是可以写作且写出好作品的，但千万不要听了什么人的蛊惑，就放弃发家致富的机会，一门心思在写作上赌一把，这会让你们一辈子贫困，耽误一生。我不久前在黄石讲过，文学这个行当成为神经病的比例比其他行当高许多。你要么放弃，要么成为神经病。我听说我家乡一个小伙子诗写得很好，但他每天出门把家里值钱的东西全背在身上，说是怕人家偷，要背上一两百斤吧。这不是有了妄想症和癔症了？这就是精神病一种，你趁早要他别写了，赶快让他放弃，去医院诊治，不要害了别人。写作的人的确需要强大的神经支撑，写作是一种非常孤寂的事业，一个人关了门写，他交流的人都没有，简直孤苦伶仃，无依无助，大部分时间是一个人面对虚无和茫然。当你写作遇到问题的时候，你跟谁说？你跟你的家人说？你跟你的老婆或丈夫说？你跟你的父母说？你跟你的领导说？都不行，都是靠一个人解决的。我说作家是弱势群体当中的弱势群体，底层中的底层。他为别人说话，他自己没说话的地方，会时常感到没有援助，心情会常常灰暗绝望。有志于此，又已经发表出版了不少小说的，自信心特强的又另当别论。

但我还是想告诉你们，写作不能给你们带来什么好处，对大多数人来说就是这样。我在乡下知道那些作者的可怜，有的给我送书，说他的作品绝对在全国是一流的，一看，自费出版的。有的一本书要花十几万，钱从哪儿来呀？还不是省吃俭用，从牙缝里抠出来的。有的出了几本，那有什么用呢？任何好处都没给你们带来，就图了个虚名。写作跟 99% 的人不可能带来好处和经济效益，这就是我们目前的现实。除了自娱自乐，自我安慰以外，没任何用。当然，你愉快高兴也不错，不关别人的事，你花钱买了个乐子，写作又是灵魂精神上的事，不是现实和物质的事，不是用金钱可衡量的。但这又有什么必要呢？有的出的很漂亮，因为有钱，有的出得很简陋，就像个内部资料。其实写作的人是非常聪明的，湖北话谓之“人尖子”，绝顶聪明，看人看事，对他人的理解，都是高人。你这么聪明的人，写了多年又没写出来，你何必浪费时间，不去赚钱呢？写作是金字塔结构，闪光的就是顶上那么几个，其他都是垫背的。今天我跟你们讲课，在你们看我是成功的，可有人不这么认为，说得更绝对，说我们都不算写作，云南诗人于坚说，在中国，只有十个人在写作，其他都不叫写作。历史会把我们都遗忘掉，历史承载不起这么多名字。当然你在某一地可以称王，在某一个县，某一个市，可以把自己吹得天花乱坠，那都是自欺欺人。像我们也面临着怎么继续写作的困难，要同自己搏斗，同文坛同行搏斗——竞争嘛，同一些非同行却想把你心情搞坏的人搏斗，这个年纪了，还要同年龄和记忆力和精力、生命力搏斗。每个作家可以说是身心疲惫、疲惫不堪。省里的这些所谓成名作家哪个不是在拼命写作，不是一个字一个字地熬更守夜爬出来的？当然他也可以获得乐趣，在写作中极大地满足自己。总之，写作真是太难了，不难我也今天不会再到农村挂职去体验生活，成天在乡里跑，累死累活。写作成功不是那么轻易获得的，我说的全是真话，我不想欺骗你们，跟你们灌迷魂汤，把你们搞得倾家荡产，食不果腹，将你们引向邪路。

现在的农村真的还很穷，农民兄弟们还处在刚解决温饱阶段，真正的小康还没有到来，孩子读书、长大了就业，老人赡养，家人生病，你们怎么办？你说我不管，我要写小说，写一部轰动世界的小说获诺贝尔奖，这是不切实际的，要对自己准确定位，靠写小说来挣钱发一笔横财几乎是不可能的。我只能钦佩你们热爱文学的精神，不大赞成你们不顾一切去写作，否则的话，对你们是不负责任的。

文学的可能

·在“中国作家黄石文化论坛”上的演讲

谈到文学，每个作家都会在你们面前慷慨激昂，有的愤怒，有的智慧，有的拼命地表现自己，比如表现自己的崇高和不凡，也有的会比较客观，比较谦逊。我自己有时是客观公允理智的，有时又是尖刻偏激无情的，凭一时的场合和心情。但是有一个不能变更的东西，就是维护我们文学的声誉和纯洁性，并且为我们的文学作一些辩护，因为文学是我们作家赖以生存的根基而不是沽名钓誉的手段。有些人为抬高自己而打击同行，给读者和听众造成的印象是：文学是糟糕的东西，里面混迹着一群人类的败类、流氓、社会的渣滓。其实文学是非常圣洁的，就像墨西哥作家卡洛斯·富恩特斯所说，文学是文化传统的呼吁，文学教导我们的是：必须有人类共享的价值，且是最大的价值。文学肯定是我们人类生命中一种非常重要的东西。虽然科技是必需的，经济也是必需的，但文学对于人类的想象力、智慧及自身向更高一级的进化，有着巨大的作用，没有文学的人类只能是行尸走肉。它的独特性是不可替代的。人类如果没有文学，就无法对他的过去进行回忆，也无法对自己的未来作出生动的预演。比如光有《三国志》是不行的，还必须有《三国演义》，真正生动地、形象地来表现三国时期纷争的惊心动魄、栩栩如生的局面。因此，它是延续人类生命、推动人类快乐和幸福的车轮。同样，它是人类生活的另一个隐秘的源泉。也就是说，人类不只有现实生活，他还有想象的生活，虚构的生活；不只有物质生活，还有精神和灵魂的生活。

文学一定能够雄起

文学究竟能否雄起，应该不是问题，或者说这个问题有点虚幻。如果文学不存在疲软，就没有雄起之虞。我今天要说的是，文学并不是每个人都关心的，出了这个门，在你们之外，人们都在干别的与文学无关的事，当官的在当官，在开会；做生意的在守店门，大家各自在匆匆为自己的生计奔忙。有人会说过去文学繁荣一些。那我想说，就是在“文化大革命”，在全国只有一个作家浩然的时代，是不是一般的老百姓都知道浩然和《艳阳天》《金光大道》呢？不是，还是只有业内人士知道。而你说当时的人不知道《地道战》《地雷战》的就不可能。在那样的时代，或者说在四十年前，文学就已经边缘化了，比起电影，文学根本就是在极少数人中生存。那时，阅读是很重要的时代，不像现在人们已经不读书了，那时一般识字的人都会看点小说，现在大学生也很少看小说。那么，对于关心的人来说，文学有一个景气与不景气的问题；对于不关心的人来说，文学怎么样，与他们无关。

而对于一个写作者，这个问题也无足轻重。因为我关心的是我能写出什么，我能给文学一个什么交代，我这一部作品是否能引起什么反响，发行量是否更高一些，能否被一个导演看中买我的版权，最好是一个大导演，张艺谋、陈凯歌之类。文学对于我来说，我的作品雄起了，文学就雄起了；我销声匿迹了，文学就在我心中不存在了。但是我们今天在这里探讨的是大家普遍关心的文学，是整个世界视野下的文学。

在二十世纪六十年代，美国作家巴思有一篇文章叫《精疲力竭的文学》，这句话就像是在说中国当下的文学现状。精疲力竭，也就是折腾完了，把戏要尽了，穷途末路了，离死亡不远了。巴思当然说的是六十年代美国的现状。有一种说法：十九世纪的文学前五十年属欧洲，后五十年属俄国。二十世纪的文学，前五十年属美国，后五十年属拉丁美洲。风水轮流转，皇帝轮流做，今年到我家。在美国二十世纪六十年代，的确是伤心的，1961 年海明威去世，次年福克纳去世，1968 年斯坦贝克又去世。六十年代一下陨落了文学的三大巨星。但是即使按巴思的说法，美国的文学也并非精疲力竭，而是优秀作家辈出，文学依然是雄壮的，充满生机的。六十年代以后，美国又先后有两位作家获得诺贝尔文学奖，他们是索尔·贝娄，写过《晃来晃去的人》《洪堡的礼物》；还有写过《卢布林的魔术师》《原野王》的艾·巴·辛格，这两个都是犹太作家。当然以后还有诗人布罗茨基。

现在看来，当时的美国在文学上根本没有精疲力竭之说，这只能是某一类人的某一种担心或者危言耸听。在某一时某一地可能会出现文学的精疲力竭，可在另一些地方，文学却是生机勃勃的、兴旺发展的。文学的繁盛与一个国家的先进没有关系，不是说你经济发达文学就必然会发达。二十世纪六十年代之后，文学的风水的确转到拉丁美洲去了，这就是拉美的爆炸文学，也称为魔幻现实主义文学潮流。出现了像写过《百年孤独》的马尔克斯，写过《绿房子》的略萨，还有富恩特斯、胡安·鲁尔福、博尔赫斯，这股文学潮流甚至可以追溯到更早时的危地马拉的作家阿斯图里亚斯，他写过《玉米人》——这是我非常喜欢的一部作品。

而中国呢？我们可以回顾一下，在二十世纪六七十年代，中国基本没有文学，但八十年代，文学又突然恢复了活力，甚至呈一种爆炸之势。一直到今天即二十一世纪之初，我们回过头来看，中国的文学依然没有出现轰动世界的作品。从全世界范围来看，文学的确失去了二十世纪的那种活力，许多获诺贝尔奖的作品，不忍卒读。你们算算看，这几年诺贝尔奖作家的作品，你们有没有特喜欢的？2008 年获奖的法国作家克莱齐奥，什么《诉讼笔录》《寻金者》《流浪的星星》等，被认为是通俗小说，就是像 2006 年帕慕克的作品，如《我的名字叫红》，我认为相当琐碎、啰嗦。琐碎似乎现在成了文学的潮流。

我们的标准过去是有的，现在则全被搅乱了。我当然相信当下肯定有相当好的小说，许多好小说因为缺少所谓市场号召力而被人小看了他的艺术价值。回过头我们看，那些引起过反响的书，大部分是商业炒作的结果，这些年出现的《马语者》《廊桥遗梦》《追风筝的人》等，几乎都是一阵风，而炒作中也有不错的，如巴别尔的《骑兵军》，我认为名副其实。但恕我直言，流行过的小说大部分是文字垃圾，读者没有得到什么，只是出版商人赚了个钵满盆满。

互联网时代的到来，文学再一次遭受重创。现在还很难预料互联网对人类是灾难还是福音，但互联网初创时期的无序和激情癫狂，所谓网络时代追求的最大轰动效应就是文化的恶搞和游戏。这与文学所追求的尊严和高贵是背道而驰的。而我们现实的严峻性、窘迫性，人类对未来的忧思都被遮蔽和消解，过去一天是一天，快活一天是一天。互联网的便捷和对文字的毫无敬畏感、文字数量的堆砌极速、占有资料的轻而易举，使文学越来越失去魅力，抄袭改编成为风气。

但这只是一时的，任何想取代文学的企图都是注定要失败的，文学现在虽然有点措手不及，晕头转向，但定过神来之后，最后的胜者一定属于文学。举一个别的例子：当塑料出现之后，当时有人就断言玻璃会退出历史舞台，因为塑料的优点是摔不破而玻璃易碎，取而代之的观点看似强劲有力，最后呢？玻璃制品依然是高贵的，依然是高贵的象征，没有被打败。还有，钢笔出现后有人断言毛笔会消亡，毛笔消亡没有？它的实用性可能消亡了，但它的艺术性却永存，使用毛笔的依然大有人在。水芯笔出现了，钢笔又受到挑战，但钢笔与毛笔，其价值将大于水芯笔。

人类是经过数万年发展进步才练就的虚构能力和想象力，我们把这些所产生的东西称为：一、艺术；二、宗教。比方说，在基督教那里，耶稣真的是神的儿子，升入天国，以后还会复活并且总有一天要归来吗？在佛教那里，释迦牟尼死后骨灰果真化成了四万八千颗舍利子，并且遍布全世界？而我们中国就有十三颗，这是怎么传进来的呢？四万八千颗在两千年前是怎么运到世界各地？在万里迢迢的路上能保证没有遗失或替换或做假？但这说明人类因为某种灵魂隐秘的需要，其想象力和虚构能力是无比强大的。任何一个时代的人，都要面对他自己时代的各种问题，有思考，就有想象，有想象，就有虚构，有虚构，就有文学。比如我们这个时代，环境污染，人类更加紧迫地感到我们生存的这个地球岌岌可危，臭氧层空洞，气候变暖，海平面上升，我们还必须面对全球化浪潮下我们的文化生存空间，我们的信仰，我们的精神生存空间。科技越发达，灵魂的存在越来越受到质疑，人类对自己的未来越来越丧失信心，越来越迷惘。在这种情形下，光靠科技是没有出路的。既然两千年前出现了那么伟大的宗教和神话，同样，一个更加聪明的人类，不可能不出现新的梦想和神话，其虚构和想象力只会更加发达，这是我对文学远景的基本判断。

当然，还有一个写作者——我是专对写作者说的——必须要弄清的问题，这就是虚构和现实、想象力与真理之间关系的微妙处理，这是一个很专业很技术很复杂的问题，在这里我不想多说。但不管怎样，文学的价值是恒定的，并不以哪个时代的混乱而贬值，文学在网络时代的空间依然巨大，文学在新的文化语境下，虚构的魅力依然卓尔不群。近来有许多朋友向我推荐《河的第三条岸》这个小说，是巴西的一个叫罗萨的作家写的，这个小说才两三千字。它讲的是什么呢，说是我的父亲是一个尽职、本分、坦诚的人，并不比别人更快乐或更忧郁。有一天，他去订购了一条船，只能坐一个人，船是用含羞草制的，保证二三十年不坏。上了船，父亲就再也没有踏上岸，在河里划来划去，漂来漂去，也从来没见他生过火，我给他在河边某处石穴放些食品。母亲请来牧师到河滩，想驱走他身上的魔鬼，又叫来士兵，想吓吓他，但都无济于事。这样过了许多年，姐姐结婚了，生了一个男孩，她坚持要让父亲看看外孙。全家人在河边呼喊，等待，但父亲始终没有出现。全家人搂抱在一起哭了。后来，哥哥到城里去了，我的头发也渐渐变得灰白，有一天，父亲在远处出现，我急切地喊：爸爸，你老了，回来吧，你不是非这样漂下去不可。回来吧，我会代替你，顶上你的位置。于是，父亲向我划过来了，举起手臂向我挥舞——这么多年来这是第一次。可是我害怕至极，发疯地逃掉了。我不得不在内心广漠无际的荒原中生活下去，希望死后被装在一只小船里，在河上迷失，沉入河底。虽然我不是很喜欢这种后现代小说，但听说它在作家中很受赞赏，一个两千多字的虚构文字，难道不比电视台二十四小时播放的韩剧或者网络上成千上万部长篇小说更有价值和意义？

其实，文学的雄起取决于我们每个读者阅读水平的上升，对艺术更加挑剔，其口味更加刁钻。好小说是读者发现的。有什么样口味的读者，就有什么样口味的文学。我期待读者能与作家共同创造伟大的文学。因为文学它不只是在纸上，它还在读者的心里。有一个叫奥克瑞的外国作家就说过这样的观点：阅读就像写作一样，是一种创造行为。博尔赫斯也说过作者与读者是一次同谋。

语言是文学高贵的象征

文学的雄起还需要一些内力。文学语言的纯洁性是小说的尊严，更是文学高贵的象征，是拯救文学的最后一根救命稻草。二十世纪七十年代生的作家们对小说的语言是迷恋的，但因为过分依赖语言，最后造成了语言的虚无主义。其实年轻的作家因为生活资源、精神资源和社会资源三者的不足，写作力量的欠缺，只能更加依赖语言的出奇制胜，但是往往事与愿违，人本身更重要，语言是一个人全部内在实力的呈现。语言也有天生的一面，有些人天生就是语言的高手。但同时语言又是可以后天学习获取的。小说固然有许多问题需要解决，比如，精巧的构思和故事，对现实生活穿透的能力，还有对文学天生的颖悟能力，他的哲学涵养、生活态度等，都决定他的成败。有些东西是艺术共通的，搞电视电影的也需要，搞摄影绘画书法的也需要，搞音乐舞蹈的也需要，但是语言，却是文学独有的标志，文学是完全靠语言，靠一排排汉字来征服读者的。文学语言刻意创造的优美，比如，叙述旋律的美——音乐感，排列的优美，字句选择的精美，摹写生活的生动、形象，意境营造的巧夺天工，是人们千百年来沉醉其间的原因。比方说，大漠孤烟直，长河落日圆；浮云游子意，落日故人情；沾衣欲湿杏花雨，吹面不寒杨柳风；隔牖风惊竹，开门雪满山；等等。人们在阅读这样的诗时，一遍又一遍，是不会厌烦的，《红楼梦》《金瓶梅》《三国演义》《水浒传》，人们也会百读不厌。它们统统是通过美妙的语言呈现的。

有一种说法，诗歌注重语言，小说就不需要注重语言，只是把故事讲精彩就行了，这是一种误解。现在的小说对语言的要求比诗歌更高，一些有自己追求的作家，无一不是运筹语言的天才和高手。如果是这样的话，那故事会、传奇文学、网络写手的千奇百怪的小说就可以取代那些语言纯正、文字精练的纯文学了。但是大家都明白，那些小说就算有更多的读者和印数，并不代表它比纯文学更高级，更受人尊敬和拥戴。

语言是一个民族的精神图腾、文化图腾甚至是思想图腾。外文系学外语的，读什么？读的不是科技方面的书，恰恰是一个国家的文学作品，特别是那些国家最优秀作家的作品，读原著，由此进入一个国家的语言，语言就是文学，就这么简单，答案就这么明白。了解一个国家的语言，从文学开始，从语言中体悟一个国家的特点，它的气质，它的文化，它的历史，它的地理。由作家写出的语言，里面藏有一个民族心灵的密码。

语言在小说写作中具有至高无上的地位，许多文学大家都有过论述，高尔基说语言是文学的武器。汪曾祺说写小说就是写语言。还有我前面提到的危地马拉作家阿斯图里亚斯说一部小说就是一桩语言的壮举。法国写过《弗兰德公路的》的西蒙说：写作是一种文字探险。富恩特斯说一部小说的骨架和血脉是它的语言和想象。等等，太多太多。那种以为语言仅仅是形式的观点是错误的陈旧的。

在当代，作为白纸黑字的传统文学，就是用语言与那些最新式的传媒抗衡的，以不变应万变。纸和字的组合，就是我们的书，就是文学。这跟两三千年前在竹简、龟板上刻字有什么两样？语言古老、优良、高贵的品质，决定了它能穿越时间。语言是文学的精神，同样它是文学存在的唯一理由。故事、人物，可以用其他来讲述、饰演，可以用电脑制作合成，语言就是语言，是一种最古老的武器。为什么语言这么有力量，屹立几千年而不倒？它的力量的源泉又来自哪里，它为什么不可战胜？

因为人是地球上唯一会说话且唯一使用语言文字的物种，语言的能力就是人类进化的标志。同样，维护一个民族的文学就必须维护这个民族的母语，在母语写作中延续几千年的文化传统。遥想在二十世纪初及新中国成立初期，竟有一些知识分子为了与世界接轨，提出汉语言文字的拉丁化，认为烦琐的方块字正是阻碍中国发展的大敌，现在才知道这是一种癫狂和幼稚，如果真这样，我们无法想象现在的中国会是什么情形，其后果绝对是可怕的。前面我举了一些诗词的例子，它排列的方式，它的文字结构的美，这种美诗人和书法家体会尤深。

我前面说的是文字——语言的一种形式，还有一种方言，有人也想将它们消灭，巴不得连老农也能讲一口纯正的普通话，而事实上，我当年在中文系听课时，一些老教授讲的都是顽固的方言。有个讲现代文学的老师，也不管学生来自全国各地，听懂听不懂，说我用武汉话讲得尽兴些，结果果然讲得精彩。其实方言作为文学语言的精髓，在《红楼梦》《金瓶梅》里比比皆是，有人研究屈原的诗歌运用了咱们湖北大量的方言，现在不也成了地道的文学语言吗？作家张炜认为方言才是真正的语言，说好的小说都是用方言写成的。方言恰恰是与时俱进，拯救精疲力竭的文学的一剂良方，一剂猛药，对挽留疲惫的读者会很管用。

我在荆州挂职，荆州有个专门为农民服务的电视台，叫垄上电视台，是全国唯一一家农村电视台，用的全是荆州方言，荆州有几个方言区，公安石首方言、洪湖方言、沙市方言、江陵李埠马山等地的方言，各有特色，我是个不看电视的人，现在却被这个电视台的节目迷住了。因为方言所展示出来的人情人性非常真实，乡土气息无比浓厚，具有特别的亲和力，也证明了在当今大众传媒中，语言也有无限可能，同样的，它是文学的，它对受众的吸引力和感染力，是不可阻挡的。我自己认为我的神农架系列小说之所以能得到读者的欢迎，在于我恰到好处地、不多不少地、精心挑选地使用了神农架大山深处的某些方言，并且表达了那块土地语言的精髓和灵性。当然，我在追求语言的硬朗质地、语言强烈的表现力方面也做出了艰苦的努力，语言的音乐感也是我特别注意的。快节奏的时代，疲惫不堪的阅读者，必须运用节奏铿锵的语言，麻辣爽快的语言，态度鲜明的语言来击打他们。

但是我们看到现在的网络小说和青春小说，挖空心思地追求故事和情节的稀奇古怪，语言是放纵的、庸俗的、嬉皮式的、恶搞的。键盘的输入太容易，高手已经开始用语音输入，语言成了浩浩荡荡的排污渠。

我今天讲的文学指的是纯文学、精英文学、严肃文学。它的深远魅力和不可战胜，基于它坚持的价值观，它的与现实生活的紧密关系，这一点是通俗小说、武侠小说、网络小说和青春文学望尘莫及的。它的对人的全面思考，它讲求的责任感，对现实生活的追问力量和艺术上的隐喻力量，是其他类型小说所没有的。再就是，它语言所表现出来的创造活力，维护了纯文学的漫长声誉。许多好作家就是语言大师，他们笃信，如果这些话这些语言我不写出来，这个世界上就再也没有人写它了。我就是语言的发现者、发布者。杜甫诗说：为人性僻耽佳句，语不惊人死不休。这道出了许多作家诗人们为创造语言的痴狂心理。

正是因为作家的这种本性，使得文学保持住了它的高贵和尊严。想象力和语言，是作家的两大法宝。不可能只有图像和声音的艺术，用语言文字印刷的文学书籍，将永远存在，这种古老的阅读方式，依然可以满足许多安静的阅读者的需求，用想象和虚构的文学对他们的心灵进行慰抚，同时，阅读者也因为文学来完善和丰富他们的人生，更好地认识这个社会和世界。

文学本身的检讨

对当下文学盲目的悲观和盲目的乐观都没有用，唯一要紧的是，一个作家要写出好小说，写出具有品质追求，符合历史召唤，与整个时代保持着亲和力，也保持一点儿紧张关系的作品。在这个时代，当一个作家的难度远远大于当一个成功的商人和政府官员，缺少喝彩，备感孤独，时常还因为不能真实直接地表达你心中所想而饱受良心的折磨。同样，他还要从这个充满诱惑的世界中逃离出去，回到常人难以忍耐的孤独寂寞中，并且即使在穷困窘迫时也要保持几分写作者的尊严。更可怕的是，作家的个体劳动常常会因绝望而放弃掉努力，为了在虚幻的成功中激励自己，又会变得神经质，让自己丧失掉平静理智的心态。他还要躲避外国作家、前辈作家、同辈作家、同地作家的光芒，一些伟大的先辈作家和同辈作家、同一地的作家的光芒太过刺眼，会让他觉得没路可走了，该写的都被他们写尽了，各种风格都试过了。由此引起的自卑只会百倍挣扎煎熬自己的神经。如果你没有这种抗煎熬能力，那你就完了。要么离开这个行当，要么成神经病。从事文学创作成神经病的比例远远高于其他行业。

另外，文学创作是没有量化标准的，不像其他行当。刘翔跑了 12 秒 88，他是冠军，罗伯斯跑了 12 秒 87，对不起，你刘翔就歇菜了。文学却不是这样，一个没有标准的行当很难让你获得承认。作家要面对永恒的东西，永恒的东西比如死亡又是许多人不愿面对的，那些前辈的大师谁没有沉醉地写过死亡？他要直视死亡，给死亡一个说法。比如，我的神农架系列小说中许多涉及死亡的小说。只是因为我把死亡写得不那么恐怖，赋予了它更多的意义，更多现实生活的血肉，更多的诗意。当然永恒的东西还有爱，爱与死可能同时并存在一个作品中。但是生活是残酷的，充满血泪的，我们不能不正视。

对当下文学的种种不尽如人意，我不想在这里过多分析和指责，我只想以我自己的经验说几点。

一、小说要真一点儿

我深深感到小说的虚情假意还不只是在主旋律作品这一块，当然电视剧更甚。但青春小说，带有布尔乔亚风格的小资小说，更充满了矫情和虚假，缺乏真实的生活基础和真诚的品质。我赞同美国批评家米勒的观点，虚构和谎言的确是靠得很近的，弄得不好，一部作品就会谎话连天。比如，电视上的新闻是画面，画面是真实的，这毫无疑问，可你为什么又觉得它虚假呢？因为它的报道是有选择性的，拼接的真实。2008 年 CNN 和德国画刊对拉萨事件的报道，同样也是有选择性的，拼接的真实，因而虚假，激起了全中国人民的义愤。我们生活在一个虚假现实和谎言遍地的世界里，这句话如果在伦理学上和政治学上是对的，那么在文学上则必须保持警惕。马尔克斯这么说过：文学作品中的谎言要比现实生活中的谎言更加后患无穷。这句话够令人震惊了。怎么理解呢？它前面还有一句：一个人不能任意臆造或凭空想象，因为这很危险，会谎话连篇。

马尔克斯何许人也？这个作家在我们看恰恰是个瞎编胡侃的作家。他写过一篇《巨翅老人》，说一个老人长了一对巨大的翅膀。在《百年孤独》这个长篇小说里，他写到阿卡迪奥遭暗枪后鲜血报信，血沿着凹凸不平的人行道奔跑，爬上街沿，左拐右拐，然后从自家的房门下面挤进去，穿堂入室，一直进了厨房，他母亲乌苏娜顺着血，才发现了儿子的尸体。还写那个贝雷卡只要一受惊吓就会吃土，晚上呕吐出水蛭，水蛭就是蚂蟥。还有一个令大家称道的情节，雷梅苔丝在晒衣服时，突然脸色透明，手握床单，冉冉升空而去。这不是胡编乱造吗？与他自己的说法自相矛盾。但他写拉丁美洲的历史态度是真诚的，从另一个角度，魔幻的角度，写出了拉丁美洲百年孤独的历史。

我的小说当然也有一些魔幻的内容，但我力求真诚，真实。在《松鸦为什么鸣叫》中，我写的那个伯纬没有任意拔高，这个人物就是一个普通的山区农民。难道一个农民就不可以成为英雄吗？就没有菩萨心肠吗？大家可能记得北岛有一句诗：我并不是英雄，在没有英雄的年代里，我只想做一个人。我写的就是一个农民怎样做一个人，一个善良的人，如此而已。有评论注意到了我这种写法，这在过去没有这么写过。一个背着同伴尸体的好人，一路尽是抱怨，过去也没有作品这么写过。另外的真实就是要把生活的环境写得真实，山区农村不是世外桃源，就是充斥着一股畜便味，房舍破烂，农民就是穷，穷得惊心动魄，必须向这个社会报告真实的情况，还有生活细节的真实。我感觉这是我们文坛非常稀缺的，为了追求真实感，我花了相当的工夫思考，证明读者是喜欢真实的东西的。当然，这要冒风险。

说到这里，我讲一个事情，我在荆州挂职深入生活，也是想了解真实的农村。我在一个乡福利院采访，院长是个非常感人的先进人物，待那些孤寡老人、孤残儿童如子如母，她的事迹绝对让人掉泪。但她一再说她受党教育培养多年，一想到自己是个老党员，就要对这些老人小孩好。这些话是向记者说的，记者也是这样写的，天长日久她也就这么说惯了。我说其实你不这样说可能还好些，受共产党教育多年的党员也有不好的人，什么成克杰、胡长清啊，经常报道的，上亿上千万的贪官该有多少？另外，现在哪个福利院院长不是党员？不一定党员就要这么做，你还是说说你的内心话，或者这与你天性善良、菩萨心肠有关。结果她真的告诉了我许多，特别是她一生坎坷的经历对她有重大影响。我看了她一大摞先进材料全没有这个。一个作家不应以虚假的情感敷衍读者，不应随意拔高他笔下的人物，人们对作家抱有敬意，是因为他说了真话，面对了我们的现实。马尔克斯说过这么一句话：“真实永远是文学的最佳模式。”一个魔幻作家都这么说，其他作家更要这么做了。

二、小说要重一点儿

现在的小说太轻，分量太轻，不足以震慑读者，而其他传媒却可是重磅的新式的武器。如果文学作品没有厚重感，没有令人震撼的内容，很难在这个世界发出自己的声音。好莱坞文化成了主宰中国的文化消费，而大导演们也开始学起了美国，动辄大片巨片，其投入惊人。在十年前，张艺谋、陈凯歌都是改编小说拍电影的，后来的大片没有一部是来自小说。小说在他们心中已失去分量。轻飘飘的、表面的生活摹写，小资情调、私小说、学生腔，还有主旋律，这些都让人们厌烦了，与生活的真实性、复杂性相比，小说完全成了虚构的文字游戏。

但是厚重、沉重并不等于血腥和暴力。我在写《马嘶岭血案》时，只是想到重一点儿，再重一点儿，以我对社会两极分化等问题的思考，唤醒社会的麻木。这一定要是一个警世小说。这个作品引起了不小的轰动。评论界认为振聋发聩，但也有人说写得太过血腥，下手之狠，当代文学中罕见。

下狠手，下重手，要击到这个社会的痛处。不这样，我认为不足以让读者恢复对文学的信心。同样，不这样，就不能显示作家面对严峻现实的勇气。要说出来，要喊出来，要重重地写出来，包括语言。要表明你的态度，不能象征、隐晦、诗意，这些招数对当代读者已经不管用了。

三、小说要密一点儿

这是个技巧问题。现在的小说太稀疏，水分太多，缺少密度，叙述不是密集的。就像打仗，在攻占山头时，先要用密集的炮火压住敌人，让他们没有喘息的机会。写小说就是攻打山头。我感觉许多作者，与其说是笔力不逮，还不如说是他们写得太稀松，掺了太多的水分。现在小说的节奏非常之快，这与时代的审美趣味是合拍的。我看过曾在二十世纪八十年代写过小说，后来丢了一段时间，现在再写小说的人写的作品，我发现他们的叙述完全停留在八十年代水平，很慢，抒情，田园牧歌式的。现在就算是乡村小说，也不允许这么慢慢吞吞地抒情了，情节必须紧凑，一个接着一个，一波接着一波地冲击读者麻木疲倦的大脑。这个问题我不想多说，只要认真对比一下二十世纪八十年代和现在的小说，就一目了然。不然你没有密度，就跟不上趟。当然，也有一些当代作家对此没有引起足够的重视，缺少这么一种本事，就是使小说浓稠密集、节奏紧逼的本事。这也是当代小说之所以对读者缺少吸引力的一个原因。我对我自己的要求，就是要让小说有密度，密集的情节，强烈的语言，让读者在阅读中跟你一起颠簸，一起奔驰，让他们感觉到畅快淋漓。

四、小说要野一点儿

我当初为什么要到神农架去挂职，而今天为什么又要到荆州去挂职？目的只有一个，使自己离泥土和人民近一点儿，使我的笔下野性、野气一点儿。

现在我们的小说太循规蹈矩，有一种做作的彬彬有礼，使小说失去了它的野性，失去了小说原始的活力，在民间生活中诞生的激情，好像缺少山川雨露滋养的植物，小气、乖巧，没有那种喷薄而出的田野气息和大自然的光芒，更谈不上一种朴拙的、朴素的锋芒，就像是城市阳台上、客厅里盆栽的小花小草小盆景，修剪得清清爽爽，找不出任何毛病，可就是不能一下感染他人。

另外，来自田野的、大野的、原野的、荒野的智慧、风尚风俗，被所谓文明社会扭曲的伦理道德，被我们当代人消耗完了的、丢弃了的美好的人文品质，都可能藏在高山之上和田野之中。

我喜欢坚硬的生活，同样要表现它们，可现在的小说写作太过舒适、轻松、闲适，连语言也蔫巴巴的，小心谨慎的，有气无力的，完全不接地气。

小说要保持它鲜灵狂放的野性，保持它强悍的生命力，必须杂交，就像杂交水稻，必须是以野生稻作为父本的。而我们现在的小说没有一点野生的东西，就像陈建功老师在给我的小说集的一篇序言中引用的海明威对纽约作家的嘲笑 :“纽约作家不过是试管里的蚯蚓，他们只能从别人身上吸取着养分。”也就是说，作家只能在作家身上寻找创作灵感，这是多么可悲的事。如今许多青年作家不是这样吗？

如今，我们的心灵无不充满着痛苦和悲情，尽管生活安乐，但心中有无法解开的迷茫。在这个礼崩乐坏的时代，我们究竟如何自救进而救赎这个社会，如何自疗从而医疗社会的顽疾？就像二十世纪初鲁迅先生心中滋生的彷徨。我没有勇气像鲁迅先生在彷徨过后呐喊，但要医治自己心中的孤愤，为自己找到某种活着的真理，我算想明白了，只有走向民间和田野。在那里，我们可以获得那些自我感觉良好，其实是不死不活的城里作家们得不到的东西，让精神裹上泥土，承接雨露的滋润，让我们所渴望的东西在田野上栽培和生长，灵魂得到安慰，肉体得到休息，大口地呼吸新鲜空气，不再是城市的污浊和混乱，没有卑鄙和谎言，人获得他应有的尊严和感知能力，作品获得它的强健和真实性。就像印象派画家高更去塔希提岛生活后宣称的那样 :“在这里我进入了真实，与自然融为一体，在文明的疾病之后，这一新世界的生活是回归健康。”

我们的文学是需要一种健康的、向上的、具有提升人的精神品质的文学。我想诚挚地告诫一些作家特别是青年作家，小说虽然是虚构的产物，但仅有虚构的能力是远远不够的，作家是属于大地和原野的，保持你的野性和大地的属性，远离那些过眼云烟的时尚生活和时尚写作。必须痛下决心，我们整个的文学也包括你们自己的文学才有真正雄起的可能。

在底层体验我们的时代

·在中国艺术研究院“第六期青年文艺论坛”的讲话

我们的时代及其文学表现，这个题目从哪儿谈起呢？我想就从对北京的印象谈起吧。我有几年没到北京和天安门广场了，这次来我突然发现天安门广场全部封闭了，要安检，而且傍晚六点多钟天安门广场空无一人，不是过去大家可以晚上去散步的。

这次我去天安门我有幸没有安检，但旁边有几个穿得有一点儿土气，可能是大西北来的农民兄弟，被警察拦住了，问你们到北京来是干什么的？讲西北的话的这些人，说我们到北京来玩玩的。当然是怀着崇敬的心情来看看天安门，我们祖国的首都和心脏。但碰上了让警察一个一个地翻包。看到此景我真的是百感交集，内心非常不舒服。可以想见农民兄弟们更寒心，高高兴兴来北京看看，还要被搜包，以为里面有炸弹有横幅？上访的？我们这个时代为什么会出现这种情况呢？我们讲和谐，我们的时代，的确需要和谐，我们谁都不想乱，希望和谐和安定。但是这个和谐是怎样产生和出现的？我们的文学应该怎样表现这样的和谐？或者说我们的文学应该怎样表现这个时代和谐中的不和谐，欢乐中的不欢乐？

我们这个时代现在面临着重大的问题。我们怎么样界定这样一个时代呢？每个人的界定绝对不同。这种不同的看法会产生各种不同的文学，或者说不同的文学立场，不同的文学表现方式。我觉得这个时代是一个接近疯狂的时代，是一个轻佻无聊的时代，是一个没有价值和道德标准的时代，是一个没有方向和底线的时代，是一个让人忧心忡忡的时代。就在这样的时代下面我们的文学要表现什么东西？这真的是令我们非常困惑的。有时候我们躲在家里的时候，或者我们独自在乡间行走的时候，我们可能会有清醒的认识和看法，但我们出来开会，或者到这样的场合，到北京，或者开这样的作代会的时候，我们的思维和判断标准会出现混乱，觉得这个讲得也有道理，那个讲得也有道理。哪怕一个内心有坚持的人都会出现一种茫然的状态。这种状态如果你要修整的话，我想只能回到我们自己喜欢的生活，我们喜欢的生活环境，我们喜欢的写作环境，特别是有着我们各自的写作资源的那种环境当中去，我们才能真正地认识到我们应该写什么东西，我们应该坚持和表达什么。

我说要写和谐中的不和谐，欢乐中的不欢乐，欢乐表象下面的痛苦。像我的《马嘶岭血案》《太平狗》肯定是不和谐的。有的人愿意写和谐你就去写和谐，我们大家渴望着和谐，你也可以去写，写欢乐，你也应该允许别人去写痛苦。文学从来就是表达精神痛苦的，文学从来就不是表现欢乐和幸福的。古今中外经典的文学从来没有表现过欢乐，也没有出现过专门写开心和欢乐的这样一种伟大的文学。它表现的总是我们内心精神那种颠沛流离、起伏跌宕的、迷茫的、寻找的痛苦，或者是那种像鲁迅先生彷徨和苦闷的痛苦，各种各样的痛苦它才是文学的本质。特别是在这样一个轻佻无聊的时代，是我们最最需要的。

我们的写作或者说文学表现是在不断成长的。像我们这个年岁了，同样要不断地对生活、对现实、对文学有新的认识。我说我经常处于迷茫的状态，经常处于不知道怎么写作的状态，是真实的，这种情况会屡屡发生。我到神农架去时，是十年前的事了。云雷要我说说我是怎么到神农架去的，神农架那个地方其实是很好玩的，国家级风景区。那个地方比较神秘，比较偏远，空气比较好，我当时也没想去写小说，我是想写一本关于森林的散文随笔，我当时因为出过一本《世纪末偷想》，对散文随笔突然很感兴趣。

再说我当时精神出现了一些小的问题，比如出现了幻听，耳边不停地听到有人讲话、唱歌，大概有两三年，我当时不觉得是病，也没吃药，后来我是看精神医学方面的书才发现这是一种幻觉、幻听，是一种精神疾患。心里烦乱，想到山里去清净。后来不治而愈，是神农架医好了我错乱的精神。

结果我一去就发现我喜欢上了那里的一切。我们很多作家说实话在城市是凭想象写作的；凭回忆，比如回忆自己的童年。其实说白了是作家没有办法的办法，他没有生活了，所以他只能翻来覆去地回忆自己的以往。

我到那儿去之后，突然发现那里的生活完全不是我们想象的那回事，农民穷得无以复加，深山老林，风景是绝对优美，老百姓是绝对贫穷。我真的感觉他们好像是另外一个星球上的人，是被上帝遗忘掉了的人。我们的生活多么滋润，在城里感觉到的各种资讯是完全与现实不同的。

原来神农架是一个国家级的贫困县，我过去不知道。这对我的刺激太大了，是不可想象的贫穷。随便举几个小例子，有的山民没有盆子，一个盆值多少钱？两三块钱，他们是挖一个洞，铺一张塑料纸在里面洗脸、洗脚。十八岁的大姑娘祖孙三代睡一张床，大家可能不相信。说什么也不会。但这不仅是我亲见，还有盖上大印的当地政府关于贫困的调查报告。大家可以在我过去的文章中看到更多真实的情况。当然那是过去十年的事了，现在有很大改变。

当时这种冲击对我前所未有，我从来没看到这么穷困的状况。我们想象的旧社会也不过如此吧。我觉得写这个调查报告的人真的是有正义感的，也不排除他们是为了多争取扶贫资金。你到深山老林里去看那些山民，几乎都是家徒四壁，那些个农民都叼着一个烟袋，竟还有大脖子病，是从小缺盐造成的。难道盐他也吃不起吗？油都没有，没有油吃。有的家里连筷子都不够，很奇怪，奇怪到这样一种地步。我在《松鸦为什么鸣叫》中写过一个人筷子一支白一支红，我在神农架山民家中吃饭就用过这种筷子。

回到城里我强烈感觉到要改变我的写作方式，必须要反映，我们作家的发声也是很微弱的，我又不能改变别人的命运，但我要告诉社会，我们可能还有另一种不同于电视和报纸上的现实，另外一种不同的生活经验。比方说，你住到农民家里，他跟你讲清楚你要全身脱光了睡觉，不然的话就要爬一身虱子，那我们只有全身脱光了睡。因为我经常到农民家里睡，结果后来回来还是出现了一些问题，没有虱子，却染上了脚气病，他们家里就是一个盆子洗脚，公用的。有一天我就突然发现我的脚丫子怎么这么痒？一看我的十个脚趾之间全部烂得一塌糊涂。还有告诉我在山中草丛走遇到竹虱咬不能拍打和拔出，因为这种虫是头钻到皮肤里去的，你拍打和拔会让头断到皮肤里会溃烂奇痒，会危及生命，只能用烟头烧，它才会退出来。现在才知道这种虫就是很危险的蜱虫。

种种生活的现场对我的刺激太大，我决定还是写小说，我无法去专写植物啊山水啊森林啊，我要改变自己的写作方式。至少要把这些我亲见的情况反映出去，我是出于这样一种很朴素的愿望。当然你要在艺术上，在语言上面，在表现方式上面，在技巧方面有所匹配和突破。这是另一个问题。我要向社会反映，在这个地方还有如此贫穷的生活，我觉得这对我们这个社会，这个时代是一种耻辱，真的是一种奇耻大辱。

我写的小说我身边的人也都不相信，后来我把当地政府的调查报告给他们看他们才相信。他们以为我是在编造，以为我这个小说家是在编故事，其实不是的。经过这么些年，变化非常大，这是事实。这不是我呼吁的结果，神农架领导说陈某人对他们的贡献很大。说很多是看了我的小说，看了我的散文去神农架旅游的。说是这么说，我知道我没这大能耐，我的声音还是非常微弱的。不要企求你能改变社会，但你可以改变你自己，你自己的写作。

2009 年，我又到荆州去挂职，我为什么要到荆州去呢？这是一个比较富裕的地方，我的家乡。我要看一看这个富裕地方现在的农村，它的现状究竟是如何？在这样相对富裕的地方我对农村有了许多新的认识。我在这两年的小说里有一些表现。比方说我的中篇小说，像《夜深沉》《一个人的遭遇》《野猫湖》，《天涯》上发的两个短篇，一个叫《祖坟》，一个叫《送火神》。《送火神》我也不知道会有这么样强烈的反响，就是一个短篇。

现在比较富裕的农村所面临的问题也是很多的，并不是说已富得冒油，它依然面临着很多的严峻的问题和考验。最大的问题还是一个不稳定，不和谐。恰恰是不和谐。在我们追求和谐社会的同时，整个社会却面临着一种民怨沸腾的状况，这是不可否认的。整个社会的稳定究竟是建构在一种什么政体之下？或者是靠一种什么东西维持？现在这些地方贫穷不是主要的问题，贫穷已经不是当下农村的主要问题了。像荆州这样的地方全部实行机械化了，锄头都不要了，就是用锄草剂，农民什么机械都能操作，什么都有了，大量的联合收割机、播种机、插秧机，除了少量的插秧需要人工以外，农民不必要脸朝黄土背朝天，这是时代的进步，我们要承认。不能说我专门嗜好写阴暗面，这个是不对的。现实是什么，我们就应该写什么。但是它面临着更深层的问题。

比方说精神的问题，整个农村的政治结构出现的这种畸形的问题，乡村也有腐败的问题，而且还很严重。在《夜深沉》和《野猫湖》中我都有表现。社会学家、文化学者他们会经常进行田野调查，我说作家实际上也是在进行田野调查，而且比他们更深入，更细致，更特殊。我只不过是把田野调查化成我的小说，化成我的作品。我们的观点，可能比他们更为独特。我看到他们的一些社会调查我不满足，他们的社会调查，有些比较深入，有些有一种先入为主的东西，他需要去调查一个什么内容，比方说乡村老人的问题，农村留守儿童教育的问题，他带着一个目的，我们没有目的，我们发现什么就是什么，我们的发现可能更有突然性和惊喜感。

我们慢慢深入地去调查，孤身一人，不像教授们调查兴师动众的，一个教授他要带一些学生，他有很多人，因而调查不能深入，不像我们。像我们想得到资料我们有很多方法，这个我从来没讲过，因为我摸索出了许多独特的办法。我们的调查更机智，还要有胆量和勇气，有当年做地下工作的那样一种技巧。比方说，我突然发现一个人我要采访他的时候，我要避开所有的接待，因为我在那儿是挂有职务的，是市委宣传部副部长，后面会跟着一群人，我要避开他们。这个人我发现有价值的时候，我会不动声色，故意闲扯，问一般的问题，一般官员的口吻，不能让陪同的一帮人发现我的意图，发现我对此人此事有很大兴趣。但在他们不注意的时候我悄悄把对方的电话留下来，然后等待时机，有时会很久，让他们放松警惕，到时候我再去找他。我走很远的路去找他，神不知鬼不觉。另外，我经常一个人出去，也不要车，自己坐车或步行——这是我在神农架的一套办法。我说我不要你们陪，有时到了一个地方，我也不要他们跟着我，我说你们跟着我人家不说真话，我什么都得不到，他们的汇报，全讲的是大好形势，官话套话。还有采访要有技巧，比如，你到了派出所，要说你们这里的治安非常好，在维稳方面做了很多的工作，能不能说说某某案件是怎么侦破的，对付乡村恶人是怎么做的怎么调解村民纠纷的？人家一高兴，对你放松了警惕，就全讲出来了。

文学的几个问题

·在大连大学的演讲

关于文学全球化的问题

今天我之所以要说到这个问题，是因为我们的文坛和读者中，有一种错误的看法，认为在全球化浪潮下，我们中国的文学将不可遏止地失去自我。我却不敢苟同。

要说“全球化”，倒是在二十世纪初的新文化运动是一次全球化。尔后，在八十年代，文学的各种主义从外国潮水般地涌进来，让我们眼花缭乱，试验者络绎不绝，趋之若骛。我说的这两次“全球化”还不是大众文学，而是精英文学。第一次，全球化带给了我们白话小说和自由诗；第二次，使我们认识了卡夫卡、博尔赫斯、詹姆斯·乔伊斯、马尔克斯、福克纳以及在二十世纪世界文坛上都流行过的诗与小说。然而奇怪的是，在全球化越来越急遽，越来越凶猛的今天，我们的文学却普遍地向古老而善良的现实主义回归，这岂非咄咄怪事？

我想，与其说这是文学和作家们的理性，不如说这是文学的内在规律和根本法则所决定的，是不以人的意志为转移的。有一个有趣的现象是：我看到一篇文章，称当前俄罗斯文学也普遍地向现实主义回归，而后现代主义正在走向颓势。按理说，在经济全球化的今天，文化全球化似乎是不可抗拒的选择。说穿了，全球化的文化就是快餐文化——它正席卷全世界，好像人们只能按照好莱坞的模式思考和写作就成了，否则就有落伍之嫌，就被时代抛弃了。日本汉学家千野拓政送给我一篇他的文章《我们跑到哪里去了？从二十世纪九十年代东亚城市文化的共通影像看到的文化转折与全球化》。里面说到东亚在这个转型时代某些共同的精神状（病）态的事实。他也表达了当前世界文学受到幻想文学流行影响的担忧——这只是一个例子，但是幻想故事片和动画片泛滥的结果是：渐渐地，丧失让读者、观众感到“真实感”的能力。的确，我们看到如今的电影电视中，只要是古装、武打片，几乎所有人都有飞翔的能力，动画片中的人物也个个有神力。当文学失去了它的真实性，它还有什么真理可言？而真理是文学追求的最高目标。现实主义在几个世纪里，一直在与文学的非真实性作斗争。在中国的这几十年里尤其如此。我们对现实主义的定义从来就没引用过高尔基对现实主义的论述，他说：“现实主义就是赤裸裸的真实。”马尔克斯从来没有承认过他是什么魔幻现实主义，他声称他的作品是地地道道的现实主义。现实主义对于作家有如此巨大的凝聚力和归顺感，这是不可想象的。这也说明，文学或者精英文学，是有着它的永恒的、不可变更的价值基准和完美的存在体系的。就算是马尔克斯在他的作品中使用了魔幻这种手法，可他也是十分克制和极有分寸的。我们可以看到《百年孤独》中那个被砌进墙壁的装有祖先骸骨的袋子，小说只写了说在晚上，你贴在墙壁上倾听，才听到那骨头发出的深沉的“咔嚓咔嚓”声，他没写这些骸骨晚上变成青面獠牙的鬼魂出来吓人，它比如今的武打片要克制一万倍；另外，我们看到那个被妻子雷贝卡打死的阿卡蒂奥死后，鲜血回家去给母亲报信的情节，它只是写了血会爬坡，顺着街道的地面奔驰，并没有写血飞起来了——这确是令我们深思，我们的文学传统是有着它的无形的约束力的。一个伟大的、严肃的作家，他不会无视这些。

上面提到的情节明显具有拉美传说性质，所以马氏不承认这是魔幻。

传说应该是拉美印第安人生活经验的一部分。个人的和民族生活的经验对文学起着至关重要的作用，在所谓全球化的时代尤其如此。全球化就是冲淡、遮蔽和消解每个个体的生存经验，并且使个体／民族失去他们的本来特性。艾略特等人在他们的文章里特别强调了个人经验的作用。他所说的个人经验包括个人的经历、书本上得来的经验和听来的故事等。但我认为，传说也是个人经验的一部分。因此，全球化是与强调个性的正统文学背道而驰的，它必将遭受到许多作家自觉或不自觉的猛烈对抗，这种对抗表现在他们的作品中就是极其鲜明的个性和民族的特点。英国批评家伊利莎白·鲍温在分析了许多小说家的技术后认为：小说是“一种经验形式”；亨利·詹姆斯在《小说的艺术》中说：“一个人必须根据经验写作。”法国作家罗布—格里耶则认为作家不过是“自己的叙述者”。强调个人经验的介入对当前的全球化喧嚣有着十分重要的警醒意义。

全球化并非是一无是处的，它带来了各种流派的竞争，并使我们中国作家掌握了多种写作手法。我们干脆就是全球化浪潮的受益者。以我自己为例，我的神农架系列小说中使用了我特别喜欢的魔幻现实主义的某些元素，使用了法国自然主义的一些手法，使用了福克纳对心灵秘史书写的一些手法。但，这都是为现实主义服务的。现实主义的手法不过是创作中的一种。因此，我现在强烈地感受到：现实主义是一种精神而不是一种简单的表现手法——它不仅属于某个民族，它还属于全人类。这种精神是可以穿透任何时空的，它让我们不会迷失，并且有可能重现我们二十一世纪中国文学的辉煌。这种现实主义经过了全球化浪潮的淘洗，已不是过去传统意义上的现实主义，它是崭新的，是一种现代现实主义，或者干脆就叫新现实主义。

那么，我的结论是：文学并没有全球化，也永远不可能全球化。我们完全可以更加自信，更加从容，我们的文学因为深深地植根于我们自己的土壤，带着我们本民族的血与泪，冰与火，在全球化的喧嚣中，我们完全可以发出我们独一无二的声音。

关于现实主义的问题

前面我已经说到现实主义，现在我还想谈谈现实主义。与年轻人谈现实主义，可能会受到嘲笑，但在座的许多都是研究生，而且是研究现当代文学的，不是那种对文学一知半解或者是有酸葡萄心理的半吊子业余作者，所以我们有探讨的空间。

我常常不愿谈主义，也不愿想主义。我写作的出发点是要感动、疼痛和尖锐——它包括所写的题材和艺术方面的特质。文学的本质是真实，文学追求的最高目标是真理。费舍说："现实主义是为真理服务的。"还有一位老外说：让苦难有出声的机会，是一切真理存在的前提。让苦难发声，这是不是现实主义作为真理存在的某些特征呢？不谈主义，却被主义网络进去了，都说我是现实主义，我也就认了，并且有一种自豪感。现实主义是有感召力的，并使作家有一种巨大的归顺感。这验证了某外国学者的观点：现实主义是无边无际的。现实主义有无穷的包容性，凡是写得好的小说，都应是现实主义的。因此，现实主义是一种苛求，是对作家写作才智和能力的一种考验。

要我说，我所理解的现实主义，或者说我的现实主义就是"打破头了往前冲"的强势介入生活和艺术的一种姿态。生活本身是无比惨烈和残酷的，是痛苦的，是坚硬的，也是充满了理想的。那么，我所理解的现实主义应是残酷的、痛苦的、坚硬的、理想主义的。然而，它的出发点应是真实，就是高尔基所说的，现实主义就是赤裸裸的真实。没有任何伪装和粉饰，不需要所谓的塑造。

现实主义被无数次阉割。当我们把现实生活恶意地想象成一片美好时，现实主义是不痛不痒的，充满了塑料花的芬芳。当我们把它全盘理想化之后，我们的人物只是一个概念，被无穷地拔高、典型化，却与现实生活的真谛无关。现实主义经过漫长的自我剥蚀和认知后，现在才有点儿像现实主义了，才现出了她真实的面目。在如今相对宽松的社会环境中，现实主义没有任何冒险性，倒是在强烈地考验一个作家脆弱的良知。在文学对作家的生存空间越来越狭小时，现实主义的美妙和她所承载的精神重量与指引的宽度，可能会让文学更加自重，并有可能使文学更加精粹，更加经典，它的强有力的触须将向社会的深处蔓延。也不排除有人借所谓“现实主义”向权力话语献媚，不过这些人注定会被读者暗暗嘲笑并将遭到历史无情唾弃。在光怪陆离的诱惑和浮躁面前，现实主义意味着一种坚守，一种严格意义上的写作。

现实主义不是现实。这一点尤其重要。有些作家将这二者等同，不注重其技巧的更新和探究，使轻视者们找到了口实。现实主义是一种文学的主义而不是其他。现实主义因为其技巧的太过成熟和优秀作家作品的汗牛充栋，使得后人难以超越而遭到妖魔化，这是人们畏惧她的结果。现实主义在摧枯拉朽的进程中，具有强大的更新力量，这主要是指她的艺术品格十分兼容，并不排斥其他。每个人因个体的经验和特殊的艺术嗅觉，为了使现实主义更具说服力和征服性，加入了许多新的时代的因素。为了达到真实，我就加入了自然主义的技法；因强调理想，加入了浪漫主义；因写作地域和时代审美的迫切需要，我加入了魔幻和荒诞，使其更具神秘感和反讽性。文学就是寓言，所以寓言的成分也是必不可少的。因这种“杂交”，作品就有了抵御文学界歪风邪雨的优秀品质，以强悍的形象继续冲锋陷阵，为文学在这个时代的多舛命运作悲壮的个体抗争。

我认为，在当今这个道德崩溃、强者更强、弱者更弱的时代，只有现实主义才能满足历史进程的召唤，她像“深喉”一样，说出了社会的真相，让人民在角落里欢呼。现实主义将像细菌和病毒伴随生命一样——与文学生死与共，休戚相关。

关于“底层叙事”的问题

“底层叙事”是这几年文坛书写的一个主要潮流，得到了充分的肯定，也受到了许多的批评。现在我也想说说“底层叙事”，这可能多多少少与我有点关系。我是自发表《马嘶岭血案》后，荣幸地成为“底层叙事”的代表作家的，比如曹征路的《那儿》，我的《马嘶岭血案》被誉为底层叙事的重要作品，提及得最多。而且“底层叙事”又似乎是特指这几年的中篇小说，后来才渐渐提及长篇小说。

对“底层叙事”或“底层”的理论界定和讨论文章非常之多了，我感觉到这与我以及与作家们又没有多大关系。不管是什么“叙事”，什么“主义”，作家只秉承一个宗旨，一种敬业精神，好好把小说写好，这才是最重要的。世上本没有什么主义，主义都是批评家们无事生非或者为便于写文章或者授课整出来的。只有不自信的、年轻的作家们才喜欢拉大旗作虎皮。我一直认为世界上只有两种小说，一种是好小说；另一种是坏小说。小说写好了就是好小说，写失败了就是坏小说。

但既然我被划定为“底层叙事”作家中的一员，我只好迫不得已地要维护它的声誉了。我认为，有许多批评家对底层叙事是误读的。底层叙事才刚刚开始，就说它遇到了巨大的困境，说它是主题先行，说它就是苦难叙事，渲染的只是苦难、血腥、暴力。把它妖魔化、污名化道：这些作家就像是在写诉苦材料，或者干脆就是写诉苦材料。

其实事情没有这么简单，曹征路的《那儿》写的是苦难吗？刘庆邦的《卧底》写的是苦难吗？我的《马嘶岭血案》和《太平狗》写的是苦难吗？我认为我是在写我所见到的真实的、疼痛的、感动的故事，如此而已。我是在写一个个具有现实的寓言，我就是写的寓言。《太平狗》写的是一条伟大的狗的故事，何曾是在写苦难？当然，它感动了一部分人，让他们热泪盈眶——在网上可以搜索到一些因为感动而泪水纷飞的读者写的读后感——那是另一回事了。小说中确实有苦难，但一个小说家仅仅是用诉苦来企图打动如今的读者，绝对是不可能的。小说不会这么简单，读者不会幼稚到这么容易被欺骗。但是，就算作家醉心于底层的苦难，就算是写苦难，我想一个作家写苦难，总比不写苦难好。要我们写什么呢？写莺歌燕舞？写酒馆进、宾馆出，商场进、情场出的生活？我可是写不出来。

还有一种误读是，我们的文学从来就是在写底层，并不仅仅从现在开始。什么从解放区开始，到新时期伤痕文学、新写实、现实主义冲击波，统统都是底层叙事。其实这种说法是没有道理的。照这种说法，莫非现实主义冲击波的时候，伤痕文学和新写实就不是现实主义？底层叙事与现实主义冲击波是有很大不同的。首先作家的身份认同，不再是以改革思考者的、高高在上的身份写我们面临的问题，而是以平视的、对等的底层人身份与角度来直接写底层生活，并对这种生活不再作道德和时代意义的评判；它不对改革的得失用简单的两分法标准打分，完全以真实作为基础，没有任何浪漫和粉饰的成分。它的源头不是新时期文学，而是左翼文学。

的确可能现在有一窝蜂现象，据《人民文学》的编辑朋友说，自我的《马嘶岭血案》后，他们收到了许许多多写因为贫富差别而杀人的，写打工者多么可怜，农民多么可怜的。但这不是我们这些较早的作品出来引导的错，这个账不该算在“底层叙事”的头上。遥想在新写实出来之后，我也是一个编辑，一时间，我收到的稿件 90% 就是写单位、家庭琐事和烦恼的，莫非这是新写实的错误？

底层叙事的兴起是抵挡不住的，在这个浪潮之下，肯定还会有更好的小说出现。因为，我认为它的出现有深层次的原因。我自己是这么想的：1. 它可能是对真实写作的一种偏执实践。这就是：小说必须真实地反映我们的生活，哪怕是角落里的生活。2. 底层叙事是对我们政治暗流的一种逆反心理的写作活动，它的作品，可能是二十一世纪小说创作收获的一个意外。3. 它是一种强烈的社会思潮，而不仅仅是一种文学表现方法。4. 它是当下恶劣的精神活动的一种抵抗、补充和矫正。我们如今的社会，我们的精神虽然遭受到伤害、困境，但还没有到崩溃和绝望的地步，我们灵魂虽然迷失、变态，但还没有到撕裂和疯狂的地步。我们社会的富人越来越多，穷人越来越少，这更加凸显了穷人的悲哀和我们对贫穷与底层的忽略。何况，穷人在如今依然是一个庞大的、触目惊心的群体。我认为，怜悯，仍然是作家的美德。在我们的社会变得越来越轻佻，越来越浮华，越来越麻痹，越来越虚伪，越来越忍耐，越来越不以为然，越来越矫揉造作，越来越罔顾左右而言他的时候，总会有一些作家，自觉或不自觉地承担着某一部分平衡我们时代精神走向的责任，并且努力弥合和修复我们社会的裂痕，唤醒我们的良知和同情心，难道这有什么错吗？

作家和他的作品是一种痛苦的宿命，他不可能超越当下的生活感召和刺激，许多清醒的作家在进行着这种可能是徒劳的、呕心沥血的挣扎，他们的内心并不是那么平坦、短视和轻松，我们的社会，包括我们的读者和批评家们，应该理解和宽容他们，并且对他们的劳作给予起码的正视和肯定。

关于森林文化的问题

最后我想谈谈森林文化对文学的滋养。大家都知道，我是写神农架小说的，神农架是中国南方的一块保存完好的原始森林。在你们东北，森林不足为奇，大小兴安岭有的是，也孕育出了不少的优秀作家。在座的同学有许多可能是从森林中来的。而南方却少有森林。所以神农架是一块仅存的神奇之地。这不仅仅指它在北纬 30° 神秘文化圈中。关于北纬 30° 的神秘故事，想必大家都知道。湖北过去是楚国，它被称为蛮夷之地，可如今荆楚大地人稠地密，已经被开发、被耕耘得无寸土清静了，而神农架却是最后一块真正具有楚地蛮夷特征的地方。因此，这是历史和自然赐予我们的一份遗产，楚文化的真正谜底，可能就藏在神农架。而且它雄厚的文化底蕴将会有力地滋养现代的我们。现代都市肯定不是我们人类文化的终点，更不是我们人类肉体与精神的最后归宿。我认为，人类是从森林中走出来的，他最后将会回到森林中去。我们的文学也在古老的森林中，因为它有许多祖先的珍藏。

湖北神农架地域神奇，它在三省交界，又处在巴楚文化的沉积带上，巴、楚、秦、中原文化在此发生了奇妙的碰撞和糅合，形成了神农架独有的、带着森林气息的文化现象。它被称为“中央山地”，又被称为“中国大地的深处”。在成都平原和江汉平原的夹击挤压下，它具有通透性，又具有顽强的密封性。通透性，这是指它对外来文化的接受程度；它的民歌和传说，据有关学者研究，有南北各种特征，与周围如荆湘、四川、江浙等地的民歌、传说都有部分相似之处；所谓密封性，是因为这里并非通衢大道，在神农架，有一条相当有名的川鄂古盐道。川鄂古盐道其实是一条秘密的私盐运输小径，或者说就是一条半公开的走私路线。在这条路上行走的各色人等，许多人因为这样那样的原因都留了下来，也把他们的文化留了下来。换一种说法：是把他们各自的文化悄悄地保存到了深山老林里。而在这僻远老林之地，既是土匪啸聚的窝巢，又是难民、灾民、犯事者避祸藏身、休养生息之处。无论是贩盐，是剪径，是占山为王，是逃难避险，这里都充满着一种冒险性，使得这里有了一种归宿地和家一般的温存，又有一种神不管，庙不收的放荡野性，它组成了神农架独有的生活情调，生存品格，文化氛围。这种对神秘地域的探险，给我们文学的强烈刺激是显而易见的。文学需要这样独特的地域所展现的神奇生活，来冲击文坛的平庸。

这块地区的风俗习惯、生活场景、生存方式都与众不同，作为一种书写对象，一种书写方式，神农架有着无穷的魅力。原因就是它的历史，它的历史痕迹。比方说，我们在平原看不到废弃的老屋场，那些屋场旋即被建成新房或改成田地了。而在神农架深山老林里，可以看见很多很多的废弃的屋场，被森林湮埋，在苍苔之中，残垣断壁，没人理会。这些屋场都是因为曾经繁荣过，而后来遇兵匪、洪水、泥石流、兽害，或是田地种薄而被遗弃。就是这些东西，给后人留下了太多的想象空间，让书写者尽可能发挥。

我们还可以在深山里看到许多古老的墓碑，这些在平原地区和其他山区也是很少见的。因为它的封闭和山大人稀，破坏极少，这些墓碑蕴藏着更多的故事，包括神农架先民的迁徙史、奋斗史、文化史。它就是神农架的一页页散落在森林中的斑斑驳驳的历史书。我们在神农架作家但汉民的著作中可以看到他为此付出的努力。在他的文章中，在其他神农架乡土作家的大量文章中，我们可以看到神农架人独特的生活方式，独特的习俗，独特的人生表现。无论是婚丧嫁娶、兵匪祸乱，还是耕作狩猎，都留下了明晰的和大量令人费解的遗存、故事、传说。这对文学都是极好的滋养，它甚至就是文学，是文学之魂。它的民歌、传说，有着极高的艺术品质，我认为神农架的胡崇峻——他被称为"中国的荷马"——收集的《黑暗传》，可能是屈原《九歌》《离骚》的源头，它的想象力完全不比屈原那些作品差。华丽飘逸、灵动飞扬，神奇浪漫，都具有楚文化的强烈特征。神农架的民间故事中，笃信人一天有两个时辰是牲口，这样的人兽相融，人兽混杂，人兽一体的生命观，也是闻所未闻的；野人的传说，野人是介乎于人、鬼之间的一种东西，它叫山鬼、山精、山混子等，这正是这块土地、这片森林所孕育的神奇思维现象；它的一百零八种酒规，也是这块高寒山区生活的人为了对抗大自然的严酷，所创造出来的风俗奇迹。将喝酒的仪式变成了精细的、复杂的一种生命体验，它对文学的启迪是深刻的。它让文学变得十分丰厚和深邃。因为，你要描写这儿的人们，你必须有十分丰富的笔法，才能写出他们的真实面貌。所以，你的笔要真正深入神农架，并不是一件易事。

森林使我们拉近与神灵、与自然的距离，并使我们融为一体。森林文化的特质一旦与巫楚文化相撞，就会发生剧烈的异变，使它更加风情万种，奇诡动人，也为文学廓开了一片璀璨的圣地。曾经作为楚地的中心，我故乡的江汉平原，当然是巫鬼文化盛行之地，可它是有局限的，在那儿并没有诞生足以震惊世界的大文学家。可是森林中的山川草木、烟云雾瘴、珍禽异兽和它诡谲残败的地质地貌，参差错落的峰峦峡谷，多有人迹罕至之境，无数不解之谜，这些在巫楚文化的晕染下，更显出一片深厚的神鬼氛围，加之生存的艰难，路途的遥迢，森林更成了这种文化的聚集地、肆虐场。我突然想到，为什么是屈原写出了《九歌》和《天问》《离骚》等篇章——他正是神农架人，是大神农架地区人，秭归正在神农架的南坡。只有他在神农架这种森林文化的熏陶下，才会有如此神奇的想象力和飞扬灵动的语言驱遣能力。这证明，神农架的森林文化是能哺育大作家大诗人的一种文化，它对中国文学做出了巨大的贡献。这是一口深深的古井，我们应在其中汲取它无穷无尽的、源源不断的养分，浇灌饥渴的现代人和饥渴的文学。

怎样做一个好作家

·在潜江市的演讲

这个时代不是让你做一个好作家的时代。当你立志成为一个好作家的时候，会有一股力量把你往后拽，不让你成为一个好作家。我们整个时代在一种向下沉沦的状态中，每个人都被裹挟进去了，你不可能与这个时代无关。在这种状况之下，你的上升通道是非常有限的，你作为一个个体要付出巨大的努力。另外，在这种众声喧哗的网络时代，你要么就是麻木——因为网络上的负面消息太多，大家都麻木了，你说在前十年，一个矿难死几十个人，心里都要惊一下，怎么又死了这么多人？现在死几百个人也引不起什么关注与伤心。当矿难现场在不停地抽水，在挖掘，失踪的人仍然失踪，大家都把这事给忘了，网上又出现了更多的大事儿，麻木了；再则，你就只好变为一个愤青。如今中年愤青、老年愤青也不少，那些在微博上混的人，好多人，一辈子都在怒气冲冲的感叹号的抱怨中成为怨妇、怨夫，成为脑残粉、爱国粉、小红粉。

你要做一个好的作家，你要思考一些问题。你不能在这种众声喧哗的时刻和他们一起同流合污。如果因为我们的时代就是如此，那么你想逆向行走的话，你就会撞得头破血流，百孔千疮，就像你在高速公路上逆行，那你只有险象丛生，你无法贞守如一，你无法去保持一种纯粹的艺术心态，写作也好，采访也好，会受到各种各样的限制和干扰。你想保持那种非常纯粹的状态的话，你只能自娱自乐，而无法进入主流文学。如果你想进入大家都共同遵守的某种规则的时候，一个人的堕落是你唯一的选择。这话看起来有点重，但是真实不虚。

那么我就问，在一个不能做好作家的时代，你有没有勇气去书写那些被侮辱与被损害的人呢？在这种资讯发达、信息爆炸的时代，只有一种声音的时候，你能不能挣脱开这一面之词，有找到真正真相的勇气？有没有想到要把你的笔成为伸张正义的喉咙？

做一个好作家要有定力。二十世纪八十年代是真正写作的时代，那个时代大家都很安静，有激情也很单纯。那时候写作就是写作，没有那么多连带的乱七八糟的东西，现在面临的问题很大，要让自己成为阻止下坠的力量，你有没有这样的信心和勇气？有时候一个好作家要逆向思考，逆向表达，不能人云亦云，不能别人说什么就是结论，要敢于发出自己独立的声音，这就是好作家起码的东西。因为现在做一个作家一个诗人太容易了，在网上自己贴了几首诗，在博客上写了几篇小文章，或者自己出钱出了一本书，就叫作家诗人。作家上手太容易，写作就有假象。很多作家都是自封的。

第一个是讲作家上手很容易。我认识一个用手机写作的，我们在座的也有画家、摄影家、书法家，我问你们，你们能不能在卫生间里画画、写字？不可能，但作家可以。我认识的这位老兄，他说自己每天在上卫生间的时候用手机写小说，已经写了一部长篇，几十万字，写得还不错。这个很奇怪，过去写字、写文章还要洗手，焚香，对待文字可不能那么糟践，文字是我们老祖宗发明的具有神圣意义的东西，你想仓颉造字的时候是什么状况？天雨粟，鬼夜哭。当他把字造出来的时候，天上下小米，满山遍野的鬼都在夜哭啊。为什么？人类掌握了文字，这是不得了的事情。我们对待文字，就这么在厕所写，没有一点儿敬畏感。

第二个是工具太容易。现在我们不要笔了，不像古代的那些诗人作家，青灯黄卷。在一盏小豆灯下写字。在春秋战国时代甚至更早的时代，我们的老祖宗居然都是在龟甲、在竹简上刻啊刻，一刀一刀才刻出几个字来。

后来有了毛笔；后来，钢笔；再后来，水芯笔，一块钱一支。今天什么笔都不要了，用手敲键盘。打出来，往网上一传，成了作家。但是画家还是用古老的方式。还是笔墨纸砚，与我们古代的艺术家用的工具完全一样的，但我们作家整个方式都改变了。一个作家不要笔了，这很奇怪。为什么好多大作家现在依然用笔写呢？我所知道的莫言、贾平凹、张炜、迟子建他们都是用笔写的。我也是用笔写的。用笔写有一种古老的敬畏感和神秘感，有一种分量感。因为写作上手和工具的太容易，这个时代就变成了全民写作的时代。说二十世纪八十年代的写作是千军万马过独木桥，其实现在的写作人口，我认为数量比过去八十年代要多很多。今天的网络作家，我得到的一个数字是三百万网络写手。面对着这样一个时代，我们应该怎样成为好作家呢？

一、勤奋与专一

上手快是一个假象。我看到有些微博，博主是过去从来不写诗的，可能看到这么多诗人作家很神气，于是也写起诗来，仅仅过了一两个月，她就贴出了几首诗，于是在介绍上就改为诗人某某某。网络上的诗人速成，只不过是满足自己的虚荣，还真以为自己是诗人了，然后就开始指点江山了，就骂这个是三流诗人，那个是四流诗人；这个是装的，那个是垃圾；一天到晚叫嚣。但这些人看上去喧嚣，他们是写不远的，他们只能一时的写一写，玩一玩，如此而已，无知者无畏嘛。还有的自称是李白在世。仅我们湖北籍的写诗的就有两个声称是李白在世，有一个与方方打官司的柳姓者，四年前认识我的时候，还不懂平仄、对仗，连押韵都不会，现在突然宣称是李白在世。太搞笑了，是在哪儿上的“李白速成班”啊？

我们的江汉平原，我们的大荆州，出了很多作家、诗人，唯楚有才，楚地的文化非常深厚，必然滋养出一批作家、艺术家。一个县一个市可以扒出来几十个上百个甚至几百个很有才华的，不稀奇。但是，写到最后的才是作家。你有才华没有用，要勤奋，要专一，我们那个时代一起步入文坛的有很多都半途而废了，比我有才华的多得多。他们为什么没有写下去呢？作为一个好作家，是坚持的结果，你想断断续续地去写作，是成不了作家的。老话说得好，三天不拿针，手也有点生，我们公安有这种说法。诗歌我暂且不说，写小说，没有一个完整的情绪和完整的时间段完成是不行的，而且小说的变化日新月异，你必须要一步一步地跟上，一步跟不上，百步跟不上。我们江汉平原还有一句话：不怕慢，只怕站。慢慢地写，不要中断，你说这两年我不写，以后再写，等以后，你就再也写不出来了。那个时候，有许多比我有才华的人，名气比我大的人，都中断了写作。这几年，又见他们开始写了，但我看到他们写的小说，才华还在那儿，但是他不知道现在的文坛是怎么回事了。他跟文坛和文学已经断裂，他再接上起码要十年八年。这还不是主要问题，小说的变化飞快地发展，各种新鲜技巧出现，你还是用的二十世纪八十年代的那支笔，用那时的构思方法、语言方式来写，别人一看，你这个东西写得太老调太陈旧，不知有汉，无论魏晋。虽然你心中的写作欲望之火又蹿起来了，还是心有不甘，但现实太残酷，文坛太冷酷。一朝掉队，永远掉队。就算你很红，两年不写，人们也会把你忘记得干干净净。

还有一种情况是能写，比别人写得都多，你一年发三个中篇，他写四个五个中篇。但写作不是讲堆头，有人一个中篇抵你十个中篇一百个中篇。你就算发了也不见得有用。再一个，你没有计划，不专一，你是零零碎碎写的，东拉西扯写的，你今天有灵感你今天写，今天想写乡村就写乡村，明天想写城市就写城市，农民、白领，乞丐、小资，上海，西藏，你逮着什么写什么。这是成不了事的，你要有一个规划。要锲而不舍，一个好的作家要有一个整体的表达，整个写作大厦的建构，叫系列也好，叫什么也好。你只能像福克纳说的，写一个邮票大小的地方。要一根筋到底，一条道到黑。要围绕着一个东西写，这是一个好作家的起码要求。我是有沉痛的教训的。我当时也写了一些别的，我的经历十分丰富，干过很多事，吃过很多苦，我写过江汉平原，写过船工，写过武汉，也写过情感题材，土匪题材，后来大家读我小说才知道，我到神农架去了，一打一心写神农架。这就是专一。写小说要有从一而终的决心，嫁鸡随鸡，嫁狗随狗。

再一个，能不能写大一点儿。我们的周围有许多奇怪的群，比如说我们江汉平原有两个小小说作家群，我们省还有许多稀奇古怪的群，比如说寓言作家群，还有一个县有几个写小说的，觉得写不出来了，就跟《故事会》投稿，《故事会》有一批作者是我们省的。有的是夫妻，有的是父子，都写小小说。但我不客气地说，写一辈子小小说那是在自娱自乐，你不仅耽误了你自己，还把你儿子女儿老婆拉下水，让他们浪费才华。你有这个写作才华你就不能写大一点儿吗？我们江汉平原是有大气象的，要写就应该至少写短篇小说吧。想做一个好作家，就不能小打小闹，不能与小小说故事会知音体鸡汤体同流合污，要坚持写大作品。我建议凡是想写作的，特别是想写小说，提笔就应该学写中篇小说，咬紧牙关也要过这一关，一下格局你就是追求大的。你写出十几个中篇小说试试看。就写一个题材，你连篇累牍地发，就算在全国无法承认，至少在湖北你是能站住脚的。诗歌要不要专一？我觉得也要专一。潜江的大头鸭鸭是我们的签约作家，他写了一系列关于母亲、乡村的诗歌，我是比较欣赏的。还有一个也是我们江汉平原的，洪湖诗人哨兵，他就写洪湖，一个心眼儿地写洪湖的水、水禽、植物，这些诗肯定会受到关注，受到好的评价。

我们看到很多不专一的，有的作者找我写序，我一看，叫什么诗文集，基本上什么都写，又是诗又是文，这种东西我是不会写序的。书的前面是两篇小说，后面是一些诗歌，后面还有一些散文随笔，然后还有中华梦八荣八耻演讲稿。这种人只能叫杂家，不能叫作家。

二、读书与借鉴

我看到了不少有才华的作家，写了十年二十年，没有长进。他也在坚持，你说他勤奋他也勤奋，你说他专一他也专一，他怎么就没有长进呢？一个好作家是要不停地进步的，一辈子都是在进步的。五十岁与四十岁写的不同，七十岁与六十岁写的又不同，他才是一个与时俱进的好作家。没有长进的原因就是不读书。我也认识一些年轻作家，都很聪明，一看就懂了，他写一篇小说，也被选刊转载了，但是一谈话就露馅，这个作家的作品他没看过，那个作家的作品他没读过。再回头你看他的小说，你发现他的小说表现方法是单一的，他没有吸取其他的那些好作家的一些技巧，他没有进行深入的思考。才华可以撑一阵子，但不能撑很远。完全凭才气来写作，一定走不远的。为什么要看书？看别人的作品？看别人的就是要增加各种模仿才能。作家、艺术家主要有模仿才能。表演艺术家模仿就能表演，书法家临帖就是模仿，作家模仿就是看别人怎么写，照葫芦画瓢，最后变成自己的东西。模仿不是抄袭不是剽窃，模仿就是借鉴，就是受某人影响，你只有多读一些好的经典，被大家承认的，看别人怎么写，有样学样，找到适应自己的，找到自己喜欢的，扬长避短，慢慢形成自己的风格。

如果你不写作，只是一个读者，你可以读一读十九世纪的经典；如果你想写作的话，你读些二十世纪的好小说行不行？甚至近十年二十年被翻译过来的好小说、好诗人的作品。原因你们应该都清楚，因为它是最新的文学的成果。人类探索艺术的路是不停地出新出奇的，思想也是不停地进步的，审美观也在不停地改变。过去的思考，固然它很深刻，但它的表达方式，它的小说里面的哲学支撑都是过时的，如果要我现在给正在写作的朋友推荐一些作家，我不会推荐十九世纪的那些作家。我会推荐与我们同时代的作家，他们是活着的人，是与我们有着共同欢乐和共同困惑的人，他们面临的问题同样是我们面临的，所以会更有共鸣。就算离去的作家，也尽量要读离我们近一点儿的作家。

我先说美国的几个作家，一定要读的，像海明威的，一定要读一读。斯坦贝克的，再就是辛格的，他是一个犹太作家。这几个要读，其他的可以不读。安妮·普鲁的，写《断背山》的，你们会有收获的，会来一个转变，无论从小说的质地，小说的语感，小说的表达方式，小说的结构。欧茨的，我们可以去网上买一两本看一看。卡佛一定要读，我们基层作家，不知道别人读什么书，是很可怕的事情。福克纳，大家都知道，没有不喜欢福克纳的。我就是一个福克纳迷，一定要读他的一两本，读不下去硬读，他的长篇小说很难读的，如《喧哗与骚动》，但他的中短篇好读，有些长篇也好读，如《我弥留之际》。南美作家马尔克斯《百年孤独》想必都读过，但他的中短篇小说一定要读，我认为，他的中短篇几乎篇篇是经典。博尔赫斯小说好，他的诗也很好。墨西哥作家胡安·鲁尔福，魔幻现实主义的鼻祖，马尔克斯很喜欢他，认为是他的导师。胡安·鲁尔福的小说太好了，一辈子就写了那么些小说，像鲁迅先生一样。他的短篇，看起来不像短篇，没有结尾，也没有开头，从中间写起，有点跟俄罗斯的巴别尔一样，但是，就是这种缺头少尾的小说奥妙无穷，里面藏着太多的玄机。略萨的，他的《绿房子》《城市与狗》，买一两本来读一读。

我讲的这几个够了，看多了把人心看乱了。

德国的作家米勒的，是作家们非常喜欢的，西蒙的，罗布·格里耶的，法国新小说代表，去年，再就是君特·格拉斯的《铁皮鼓》，莫言也极推崇的。

法国作家，说到普鲁斯特，我并不喜欢。我喜欢左拉、萨特、加缪等人的，萨特作为拒绝领取诺贝尔文学奖的一个作家，他的小说一定要读一读。他认为所有的存在都是荒谬的，这样的观点影响了一代人，我们觉得这个世界是荒唐可笑的，其实都是从萨特那来的。他的好朋友，后来成为仇人的加缪的，你读一读他的《鼠疫》《局外人》。梅里美的中短篇也好。其他的什么英国作家，什么意大利作家，什么加拿大作家我都不推荐，看这些足够了。我讲的这些书你基本把二十世纪的好作家都浏览了。你要烂熟于心，你要心中有谱，你要知道世界的文学是怎么发生发展的，你不能自己想当然我怎么写？作家不能在一个真空环境里写作，你读了这些书，你就有足够的借鉴本钱了，你要善于去研究别人的东西，揣摩别人的心思，是在什么样的内心动力，什么样的语境，什么样的表达方式里完成他的作品的，他究竟想向读者和世界讲述一个他心中的什么秘密，为什么如此重要，又为什么会获得世界上那么多人的共鸣。在一个作品里究竟要加入多少东西才能够配这个作品，这个作家的名分。

我讲的可以借鉴和模仿，这些作品各种题材都有，乡村题材的、城市题材的、情感的、傻瓜的、变态的，各种手法也有，写繁的也有，写简的也有，你就各取所需。现实主义也有，自然主义也有，荒诞也有，魔幻现实主义也有，象征的也有，寓言的也有，你到时候可以信手拈来，想怎么写就怎么写，你自己就有了自由度，不然的话你在技巧上会捉襟见肘，不然你老觉得不知道怎么写，因为你没掌握到别人的那么多手法、结构、语言。莫言就说，他就是受到马尔克斯的影响，还有看到福克纳的小说，突然明白，小说可以这么写啊，我也可以这样写，于是有了《透明的红萝卜》横空出世。很多作家受别人的影响他都是直接说的，没有忌讳。像贾平凹他也不避讳，有一次在武当山，他去了，他也讲到这些。他说过去他受二十世纪三四十年代作家风格的影响，语言也受《红楼梦》的影响，受这种传统的影响比较多。他的小说像《秦腔》，他说得很清楚，是受三四十年代小说和明清小说的影响，现在，他的语言从《秦腔》开始，觉得以前的东西太轻了，有点过于华丽秀气，比较柔弱，现在，他要向魏晋的作家学习。要善于汲取别人的语言精髓，你不能说我自创一种语言，这是不可能的，都是从传统的、他人的作品里来的。

怎样借鉴呢？

一是要符合自己的兴趣。二是题材，我写乡村题材的，喜欢神秘，我可能更多地去借鉴南美魔幻现实主义作家的作品。为什么，他们基本都是写的乡村题材的东西，也不能说是乡村，他们是写大地、山岗、河流的。南美作家最喜欢表现这方面的东西。包括法国作家，气魄、气场、格局都非常大，也善于表达这样的东西。我们可以去学一下，看别人是怎么写的，我们也写我们的河流，你先看别人怎么写河流。再是语言风格的呈现，把每一个作家都好好钻研一下，他们是怎么表达的？他们的魅力是怎么散发出来的，你是在哪些东西里捕捉到并被他所俘获的？他们的语言的那种质地是用什么样的词句展示的？他们怎么使用标点符号？他们在对话上有哪些技巧，等等。三是自己掌握一个难易度。福克纳写的《喧哗与骚动》，略萨写了《绿房子》，那你能学得了吗？我是不敢学，略萨《绿房子》那样的结构，我觉得太难了，也太夸张，简直是疯狂。我讲的是你学它的一部分，不要刻意去为难自己。小说固然要给自己制造难度，但你不要和自己过不去。四是要让读者和刊物能接受的那一个度要掌握好。很多作家他都是在思考这样一个问题，即我怎样让读者和刊物喜欢又不要太过，也不能平庸，大家好好想想吧。

三、精品意识

有一些基层的作者，他比专业作者要勤奋，写得多，我会经常接到这样的稿件，他每年在你的邮箱里面发几个中篇几个长篇，太多了，但是他的作品又不温不火，优秀者不多，有的发表出来甚至选刊会选。我见过这种作家，写了几十年，选刊选了不少，发表无数，但说起来谁都不熟悉他。原因很多。有作品，没精品。他比你写得还多，还辛苦，写得满脸浮肿，气息奄奄，好可怜的。

一个是视野有问题，视野不开阔，格局小，比较狭窄。再一个资源占有比别人少。我讲的资源占有是写作资源，比方说批评家没有关注到他，他的生活资源比较有限，写的是我们司空见惯的故事，材料太平凡无奇。再一点就是运气差，成功的确要有运气成分，有些人运气就是差，有的人就是好，一抓一个大奖。你研究了彩票二十年，你都没中过奖，有人偶尔去买了一张彩票，却中了大奖，那怎么办呢？老天不公是有的，而且很多，大家都在抱怨老天爷，不想想自己有什么问题。

再是发表刊物不推你。某某刊物你是发了，但不是头条，也没有人推荐，你干瞪眼。还有的接不上趟，今天写一点儿，明天不写，今年写几篇，明年一篇也没有。你要一个恒数运动，每个阶段都要有一个量，你突然没有了，别人就把你忘了，文坛是一个非常残酷的地方，也是一个非常势利的地方。

再最重要的是缺乏精品意识。也叫精品自觉。我今天跟大家讲我的自身体会。第一，不要“贱卖”自己的任何一个题材。关键词是“贱卖”，你看准了一个题材，你就要下狠手，要写透、写深，不能随便出手。那些成名的大作家、好作家，他是怎么写一个小说的？文章不厌百遍地改。这个改也是很有讲究的。我还有一句话：往死里写。就是说你感觉到我这个题材太好了，这个题材我要写成一个好小说。那你就得多动一点儿脑筋。马尔克斯的《百年孤独》写了多少年我忘了，好像是十年，他说他一部凶杀案的小说构思了二十年。好的东西不要贱卖，不要急于抛出，写完了，先把它冷一冷，存一存，就像酒一样，好酒越陈越香。也不改，也不要管它了，搁抽屉里，放一段时间再拿出来，你会有新的想法，再改。写的时候多想一想，把它想透，写就往死里写了，要抱定一个目标：老子绝不会放过你。写一个作品，把它当八辈子的仇人看，我就是要狠狠地修理你。你不能把它当一个好朋友，我来轻轻地安抚你啊，来抚摸你啊，对你客客气气的，写一个题材可不要客气。

湖北省说是小说大省，实际是中篇小说大省，方方、池莉、刘醒龙，包括我，我们都是写中篇小说成名的。为什么中篇小说这么重要呢？因为一个中篇小说虽然只有三到四万字，但是里面包括了很多的东西，有的人不明白，说我一天能写一万字，有的网络作家一天可以写两万字，我两天就写一个中篇。错了，这样就是贱卖你的东西，哪有一天写两万字不掺水的？哪有这么多激情？你把你题材像卖白菜萝卜一样去卖了，别人是在当黄金当和田玉卖，你卖的是汉正街的水货，是淘宝网上的货。一个好的中篇一定要动用作家所有的才华，所有的生活素材，所有的写作方法，所有的语言的才华，你读起来才会震撼、震动，你没有做好充分的准备你不要写。我有一个《巨兽》的小说，《小说选刊》选载的时候，我有一个创作谈，说是写一个中篇小说就是把自己掏空一次，我要使出浑身解数把它写好写完，把自己生活的仓库掏空，把自己掏得只剩一具躯壳。你再到生活里去充实它。

说到这里，我给大家传授一个技巧。我的中篇都是三万到四万字，可以采取这样的办法，三万字你把它分成三块写。一块一万字。你不要想到三万字我怎么开头，中间怎么写，怎么结尾，分割成三块，每一块必须有出彩的地方，对我来说，我二千字必有出彩的地方，必须让它出彩。我不说要你按照我的要求，但一万字必须有几个出彩的地方，出彩的地方不够，就是失败的，平庸无趣的。不要想到传统的写作章法，什么凤头、猪肚、豹尾，什么起承转合，不来那一套，那是害人的传统方法。你每一万字有一个华彩乐段，像音乐一样的、诗歌一样的，诗人知道，每一首诗要有一个诗眼，没有诗眼你写什么呢？每个人物的出来一定不要平面化，人物出现的时候要别致、强烈，不要过度的交代，不要太多的过渡的情节。写一个人，你就把它写痛，当你写这个人的时候你周围不要有许多枝枝蔓蔓的交代。我跟他说了什么话，他跟我说了什么话，你写这个人就写这个人，盯着写。我刚写的一个中篇，马上《十月》要发的，叫《滚钩》。《滚钩》是2009年我在荆州挂职时发生的三个大学生在长江里救人死了，挟尸要价那个事。我把它写成了《滚钩》。这个事件要成为一篇小说，有很多东西是不能写的，也不能写成新闻式的。比如，我要写老渔民的一个媳妇，我就把她写成“嘬人王”，我就写你怎么嘬（骂）人，嘬得荡气回肠，歇斯底里，不要枝蔓。因为你就三万多字，不能啰里吧嗦。小说固然要枝蔓，不能是电线杆子小说，要枝繁叶茂，但又不能有太多的枝蔓，这个处理大家写作时去理解掌握。我讲的是不要有太多的交代，这个人怎么出现的，周围的人怎么跟他交集都不要写，甚至两三句写她外貌足够，突兀一点儿没有什么了不起，不要想到怎么把这个事情说圆。真正的好小说是不可能说圆的，它就是一个断裂残缺的结构，就是一个你说不清楚的小说，没有说把它全部交代清楚了就是好小说。要说清楚，那是你跟别人讲道理，小说不是这样，小说不是讲道理，小说有时要蛮横不讲理，讲歪理。

第二，要有大胸怀。老话说“条条路难走，条条蛇咬人”。写作是一个很难的事情，要有大胸怀，要有雄心壮志，写作是一个比心智的行当，说得通俗些，你比别人聪明些，那你就能写出来。但是如今聪明人太多，特别是“80后”不得了，写得非常好。“50后”“60后”“70后”根本写不出来。一代比一代聪明是肯定的。大家谁不是吭哧吭哧地在写，哪有那么轻而易举的事情？说作家都是人尖子，一个个精得像兔子，你精别人比你更精，你那小说是怎么出来的，人家一看就知道了。一个作品我读几行就知道你几斤几两。所以玩花招千万不要玩，写作是实打实的，不能懈怠，花拳绣腿哄不了人。作为一个好作家，不能成为一个生活原始状态的记录者，即生活怎么样我就怎么写，原原本本地记录下来，旅游，也是简单事件的流水账记录，就想着在当地报纸副刊发一下算了，采风嘛，反正交个差，完成个任务。你一开始就没想到我要写一个大东西。怎么坐车出发，怎么坐车回家，文章就是写的这些。很多作者对自己的要求是很松懈的，是很低的，一出手就把自己打入凡尘，一出手就认输了。

一个好的作家他会把自己的作品收拾得清清爽爽，干干净净，境界高朗，语言丰沛，视野开阔，内容独到，绝不单调单薄，这就是好的作品。一篇就是一篇，要让别人承认，其实你自己把目标定高一点儿是可以的。每写一篇作品就是所写的对象命名的过程。

我们基层的作家有这样的一个问题，就是周围没有诤友。我们要有一批大家都讲真话的人，你这篇不行，要怎样努力，要怎么改进，有讲真话的人，写作的环境就会向良性发展。大家一味地讲好话，一味地恭维，互相吹捧，其实都没抓到刀刃上，那有什么用呢？我们一个地方也要定一个高的标准，我们要出什么样的作家，什么样的诗人，不能大家一团和气，互相吹捧，把小小说吹成长篇一样重要，把一首诗吹成史诗。

现在的诱惑太多，比方说，一个地方，为报纸写作牺牲了一批人，一个小副刊牺牲了一批人，都写豆腐块。写豆腐块的太多了，豆腐块作家太多。还有学算命、学《易经》、学八卦又牺牲了一批人。搞小小说的、搞儿童文学的、搞寓言的牺牲了一批人，他们把他们的才华浪费了，还有为生活刊物写作的，所谓写心灵鸡汤的、写爱情的牺牲了一批人，写故事的牺牲了一批人，搞网络文学的让纯文学也有损失。搞生意经商的也牺牲了一批人。这样算来，纯文学写作的也就不多了。

最后我要讲的一点就是我们基层作者怎么办的问题。基层作家有优势也有劣势，优势就是他生活在生活当中，你们一出门就是河流山岗，一出门就是大自然，武汉什么都看不到，武汉连蚂蚁都看不到。但他们也有他们的劣势。他们的劣势就是他不在文学圈子里，他没有一种写作的动力和氛围，也缺少写作的资源。但是我认为劣势也是优势，正因为你不在文学圈子里面，那么你可以变得更纯粹一点儿，你可以不受任何干扰地安静地写作。小说是不要圈子的。诗歌要圈子。诗歌是大家互相抱团取暖、互相承认、互相说好话，小说家都是孤兽，都是躲在一个地方单打独斗，不像诗人那么多聚会。

我对文学的信心就是基于我的看法：好作家是不会被埋没的，现在缺少好作品，我们如果写得足够好，很容易写出来。编辑的眼睛不是都瞎了，有良知的编辑，纯粹的编辑还很多。现在有一个现象，以我认识的作家来看，一些不善于跟别人打交道的作者都写出来了。现在“70后”“80后”的作家都很闷，不善言辞，不善交往，没有八面玲珑的魅力，不拉帮结派，请客送礼，就是埋头写作，悄悄打磨自己，擦亮自己。我认为，好作品是最好的文坛敲门砖。

要我提建议的话，我没有更好的药方给大家。要想成为好作家，我想第一个就是硬写。我拼不过你的交际本领，我就拼硬写。我不会花里胡哨，投机取巧，炒作广告，我就硬写，写硬货干货，写生活，让你震撼。鲁迅先生说写不出来的时候不要硬写，我认为就是要硬写，不给自己任何借口。第二个就是狠写，发老力，加重量。第三个就是写中篇。没有捷径，写中篇是成为一个好作家的必然历练。你写好了中篇，以后你写短篇会相对容易，写长篇也就顺理成章了。第四个就是纯粹写。不含杂质，不掺和一些与文学无关的东西，身上没有妖气邪气，淳朴，纯粹，纯洁。我建议这方面向“50后”作家学习，我太了解他们了，我自己也是这样，写作成为生活的必需，生活的唯一。我们每天都在看他们进步和努力，勤奋与专心。年龄和精力没有任何问题，满负荷地工作，在写作中寻找最大的乐趣，也获得了丰厚的回报。

作家对编辑的期望

· 在湖北省文学期刊主编培训班的演讲

第一点，我先讲讲我的编辑生涯。

我在二十四五岁时就在公安县文化馆当编辑，刊物叫《公安文艺》。那时年少轻狂，记得一到文化馆就叫我去搞创作辅导，到一个叫玉湖的乡镇讲诗歌，因为没有经验，讲了之后嗓子完全嘶哑了，疼痛难忍，为了说清问题，估计是声嘶力竭。我们主要是通过来稿发现作品和作者，培养他们。其实当时我们也要别人来培养。我记得我当编辑的时候我们的陈善文老师——他是公安文化的功臣，现在已经去世了，他是研究古代诗歌的，写过一本《古代军旅诗话纵横谈》，他说，一个编辑，你在跟一个业余作者谈这个稿子的时候，你要谈他三个缺点，你首先要找出他的三个优点来，这句话我是受益终身。今天我在这里转述这个观点，千千万万不要伤作者们的自尊。作者需要的是什么？是鼓励。你先说出他的三个优点来，你说这个题材不错、生活不错、语言也不错等，然后你再谈他的缺点，别人容易接受。

1990 年，我从文化厅到《芳草》当编辑，当时执行主编是朱子昂先生，一个对作者非常好的大好人。我在《芳草》当了六年编辑，这六年对我的历练很大。大家知道，有很多作家是从《芳草》走出来的，像池莉、董宏猷、邓一光都曾是《芳草》的编辑，后来成了湖北创作的主要力量，这是一个奇特的现象。一个好主编，对你手下的人要宽容。当时我们创作，朱主编是鼓励我们的，你的身份就是作家，你只不过暂时在我这里做编辑，因为当时专业作家轮不到我们这些小字辈，你在《芳草》，就是“借得山中烟水寨，来买凤城春色”，你是以《芳草》作为专业作家的过渡。我们因为是作家，约稿方便。像王朔、苏童、刘震云、叶兆言、范小青，全是我的作者，可以随时找他们约稿。因为一起开过笔会，大家都比较熟。这六年做编辑我发现了不少文学新人。比方说山东的张继，张继当时还在一个乡镇做通信干事，但小说写得很好，我是在自由来稿中发现的。现在他主要搞电视剧去了，赵本山电视剧的剧本全是他写的，什么《乡村爱情》一、二、三都出自他之手。每个星期我们只上两次班。周一去背回一大包稿件，都看，不像现在的编辑，现在他们不爱看这样的自由来稿，主要是约稿了。这样的来稿一百篇选不到一篇。在这期间，我接触了许多名作家和他们的作品，这样你就知道什么是好东西，你就会去学习别人。

现在我又在当编辑。《新作家》是我们文学院的院刊，我是主编，所以说我跟大家也是同人。接手院长以后，我对《新作家》有新定位，首先确定了六字办刊宗旨：发现、交流、辅导。我认为这六个字对我们文学院的刊物定位准确。发现：发现我们新的青年作家。交流：就是给我们全省的作者，包括业余作家、签约作家和专业作家，有一个交流的平台。辅导：通过这个刊物来辅导初学者，给正在文学路上走的人一些引导和建议。通过我现在自己办刊当主编，觉得办一个刊物不容易。

对市州的刊物来说，还面临着缺钱的问题，大多数刊物就是一个筹钱的过程，所以说编辑的精力不太集中，这也是没办法的事。

第二点，我想讲的是我认识的一些好编辑。一个作家是编辑抬起来的，编辑对作家为什么如此重要呢？其实大家都知道它的重要性，所以有的主编就把刊物包括报纸副刊当作他自己的自留地、小菜园。发一篇作品现在的确不容易，我要讲的是一些好编辑。第一个是韩作荣老师，他已经去世了。他长期在《人民文学》当编辑，过去是管诗歌的，后来当主编了。我在 1986 年读武大的时候，那时开始由诗歌转向小说，但诗是比较现代和先锋的，我写了一组叫《中国瓷器》的诗，就这样投过去的，当时在《人民文学》发一组诗那是不可想象的，他竟然跟我全部发了。这组诗的影响很大。当时我跟他不认识，他也没抽过我一支烟，有很多这样大公无私的编辑。后来他当了主编，发我的中篇小说《马嘶岭血案》的时候我还没获鲁奖。我记得《马嘶岭血案》发表出来之后我才接到获鲁奖的消息。我当时的所谓“神农架系列小说”，还只是在《钟山》发了《豹子最后的舞蹈》和《松鸦为什么鸣叫》，在《上海文学》发了《狂犬事件》等不多的几篇，接着就是韩作荣老师接连给我发了《马嘶岭血案》《太平狗》，全是头条，到那时候我依然没有见过他。我的《马嘶岭血案》的题目还是他给我改的。他在去世之前极力推荐宜昌的毛子，让他获奖，据说他也没见过毛子。这就是一个好编辑的素质，甚至是品质、风范。

第二个好编辑是《钟山》的主编贾梦玮。他对湖北作家很有感情，湖北作家在他那儿发表的非常之多。我当时只跟他见过一面，他是到武汉来约稿，当时是副主编，他回去之后给我发过一篇《人鳃》，没有任何的响动。我再把我的《雪树琼枝》给他，他在头条发了，那是 1999 年。我还没去神农架挂职，也没写神农架小说。这篇小说影响比较大，王安忆看了之后评价很高，在报纸上说《雪树琼枝》是她最喜欢的小说。然后贾梦玮推出了我的《松鸦为什么鸣叫》等一系列的神农架小说，我的最早的神农架小说全是在他那儿发的。他不遗余力地推我，真的让我很感动。他并且鼓励我说，王安忆赞过的作家没有不红的。他说话慢条斯理，鼻音很重，一种很让人信赖的感觉，其实他比我小很多。后来他又推了一些湖北作家，比如我介绍去的吕志青，推了他几个头条，还给吕志青组织了很多的评论，都是大评论家的。吕志青当时是我们的签约作家，我有这个责任来推荐大家的作品。

第三个是宁小龄，《人民文学》的副主编，当时是编辑部主任。我讲的《马嘶岭血案》《太平狗》这几个小说，宁小龄是责编。他会毫不客气地退掉你的一些作品，这个不行，这个行。很果断。这些大编有他们的特点，要你修改你就得修改，《马嘶岭血案》是修改了的，他还帮你修改。你们看《马嘶岭血案》有个别地方是连不上趟的，我现在出版书的时候把它恢复了。我觉得他的修改有些地方不大对，我就把它恢复了。宁小龄对我最大一个帮助是，删了我许多句子结束时的"了"字，后来我发现他删得对，我不再在句子后头滥用"了"。

还要提到《上海文学》，当时《狂犬事件》也不叫《狂犬事件》。蔡翔，现在是上海大学的博导。他认为我过去的题目《疯狗群》太尖锐，建议改个通俗点的，也好记的。结果，我认为他改得好。

被称为文学教父的李敬泽就不用说了，一个对中国文学有巨大贡献的编辑。《马嘶岭血案》《太平狗》在《人民文学》卷首语的评论据说全是李敬泽写的，他的推荐太好了，他抓住了你的关键的东西。其实你自己想都没想到，他在对《马嘶岭血案》的评论中使用了"人心的隔膜"一说，"隔膜"这两个字后来被所有评论我这篇小说的人都会用到。因为他说到了关键的东西。在这个社会人与人之间的隔膜太深了，无法打破，最后只有靠鲜血来解决问题。

还有《小说选刊》的冯敏和秦万里，这也是我认识的好编辑，像《马嘶岭血案》《太平狗》《望粮山》等，都是他们定夺选的头条。而当时，我并不认识他们。你可以看他们在卷首语对我这些小说的评价，他们是根据整个文坛的走向，当时文学发展的方向进行某种预测和引领，后来冯敏说，那时我推你的时候根本不认识你，你也不认识我。我这人长期就待在武汉，或者待在乡下，我不串门，也不跟编辑过从的亲密。我也没什么茶叶，因为我们公安不产茶叶。

还有《小说月报》的马津海、王俊石、刘书棋三位，也是真正为中国文学无私做了很大贡献的编辑。我碰到的好编辑真的数不胜数。一个作家遇到贵人，最大的贵人是编辑，所以我要在这里感谢编辑。

再讲我对编辑的期望。

一、懂行识货

懂行，就是你懂得这一行——文学。你是作家未必你真正懂行，你要不停地学习。有的编辑是作家，有的是分配到那里从事编辑工作的。大刊也是这样的，很多是分配去的，他未必真正的懂文学。要懂行，懂行就是要虚心学习，不能太过保守，要不断提高自己的鉴赏水平。识货很重要，你到古玩市场去，真正的东西你没认出来，一个赝品你把它买下来了，这就叫不识货。一个编辑，不管是大编辑、小编辑，不要只盯着名家，好的作品在民间，要有这种灵敏的嗅觉。这个东西是好的，这个东西不好，要有快速的判断能力，不能漏掉好的。一般的情况是编辑一目十行，不会去认真地看你收到的作品。有人说过，你知道这个鸡蛋坏了，你可以不把它吃完嘛。你闻一闻就知道了，尝一口也就知道了。我是有这个经验，看个三五行，一页纸，不行，丢了。要是后面很好呢，有的作者不会开头，有的不会结尾，中间写得很好呢？要善于发现作者，你要根据他的特点去培养他，我这句话说了一百次：不是没有好作品，而是你没有发现好作品；不是没有好作家，而是你没有发现好作家。每一个地方的作家都是很好的，我经常到下面去走，经常看到一些作品，有才华的很多，在我们湖北唯楚有才，文化如此深厚的地方，好作家太多了，会写的，诗和小说写得很好的，又年轻，大家都不知道他，要去发现他们。他也许不跟你这个主流文学，不跟作协打交道。

其次，要把握文坛的动向，善于捕捉文学的潮流，要盯住那些有创造力的，有语言天赋的作者。小说、诗歌、散文，说白了就是语言问题，写得再深刻有什么用啊？你把现实写得再惟妙惟肖有什么用？人家真正欣赏的，是你的语言。没有好的语言不能成为一个好作家。一个是语言天赋，一个是创造力。他这个人就是怪，写得与别人不同，往往这样才能成为好作家。因为一个编辑他能引导一个人当个好作家，他甚至能引导一个流派或者一个时期的文学，而评论家那时候还不知道在什么地方。感觉到有某种大潮到来的时候，他嗅到了。当大家都这样写的时候，有个人不这样写，你要想想他为什么这样写，他这个作品可能还不成熟，但你觉得他是个可栽培之材，他这个人在你手上就出现了。否则，你就无声地把他扼杀了。扼杀是因为你的冷漠，你的麻木，你的不识货。因为没有人来鼓励他，作者的写作最初都是漫无目的的，都是不自信的，你如果看到一个作者在炒作自己，网络上、微博上有许多牛逼轰轰的，自称诗人作家的，还宣称自己创造了流派的，几天就弄出一个流派，说这个装，那个二流、三流，其实他自己还流都不流，一个局外人而已，吃了咸饭操文学的淡心，其实也是一种内心自卑的表现。真正好的写作者大多数是沉默的，他不会去争论文学，去宣传自己，去攻击别人。不知天高地厚的，大多是无知者，无知者无畏，另外是些变态狂。好作家不会说我这个如何写得好，也不会随意去议论他人，什么这个死了，那个死了，绝不是内心有很深的东西的人，在一个河里闹得水响的是浮头刁子，大鱼都沉得很深。还有些作者，他就是埋头写作，从不表达他自己，我们要去发现他，关心他。

识货的问题，不能以你的标准成为文学的标准，因为你是主编，在一个地方，你的标准就成了文学的标准，我喜欢什么我就发什么，不喜欢什么我就不发，万万不行。我讲的好作品，可能你接受不了的恰恰是好作品，一个好的作家就是要这样，要有一点儿承担，要有一点儿出格，要有一点儿冒险，要有一点儿歪才。比如荆州的袁小平，《荆州文学》的主编黄大荣向我们推荐，他给我和方方写了一封长信推销袁小平。我把他的诗拿来一看，真的又好又怪。袁小平生活非常窘迫，孩子是脑瘫。他从不跟人打交道，奇怪的人总是有一些奇怪的生活方式。他不像另外一些人八面玲珑，跟大家都打得很火热。要允许那些怪异的人和作品存在，在一个地方，没有这种怪异的东西是不行的。这些人，你可能不喜欢，你的那个小圈子，都是顺着你的喜好来的。今天写中国梦啊，明天写新农村啊，反正没有风险，就发这些作品算了，这些人又听我的话，也是主流文坛的。但是我有一点儿担心，从我到下面了解的情况来看，就觉得有些主编可能这样想，发了那些怪人的怪作品是不是助长了他们的嚣张气焰？会有这样的想法，你又不听我的，你的作品又能吸引眼球，凡有歪才的人都是有号召力的。你甚至想我这个刊物的风格适不适合他呢？我当地的一个文学的风格早就形成固定了，会不会影响几十年我这个刊物打造的威望？但是，我们要承认这样一个现实，长江后浪推前浪，前浪注定死在沙滩上。这是文学的规律，未来是年轻人的。他们就是有反骨，没有反骨，他跟你一样的，这个时代还需要他们干什么呢？我已经多次呼吁了，我对签约作家说希望你们写得不像我们，方方主席也多次呼吁，你们要打倒我们，要写得不像我们，“70后”“80后”太乖了不行，不能写得像我们，“50后”作家的优点就是不学“40后”“30后”，道理很简单。尤其是“80后”，你为什么要学“50后”那样写呢？作为主编，应该有容忍度，要识货，我们举个简单的例子，你要识货你的刊物就会精彩，就会焕然一新。像方方办《长江文艺》，刘醒龙办《芳草》，过去这两个刊物是没有他们上任后这么火的，为什么他们一上任，《长江文艺》和《芳草》就会声名鹊起呢？答案显而易见，他们识货，知道什么作品好，什么作品不好。

二、公平无私

文学跟社会一样，绝对的公平是不可能的，但是你可以做到相对的公平，每一个作者都在抱怨自己受到了不公平的待遇，没有不抱怨的，但到后来你不抱怨了，那是获得了一定的肯定之后，在没获得肯定的时候每个人都是抱怨的。他们对不对呢，也对，也不对，对，就是文坛是不公平的，要承认这个现实；说不对呢，还是要自身找原因，是不是你的作品不够。我认为文坛不会埋没人才，特别是写小说，诗歌有可能，因为诗歌是一个圈子的文学，在一个诗歌圈子里面，大家互相欣赏，小说是不会被埋没的。

我长期有这个观点，我自认为我是一个例子，我一个跟别人不打交道的人，埋没了吗？过去有人为我抱不平，说写了那么多年为什么文坛不承认你，是文坛第一冤案。我认为不承认正是因为你不够。有人说那你过去船工系列、郎浦系列都写得很好。错，写得并不好，现在看起来写得很不好，别人不承认你是对的。如果那样一些作品被承认了那是害人害己，盛名之下，其实难副。只要你到了那个份儿上，文坛不会埋没你。现在是实用主义时代，过去有那种热血编辑，现在依然还有，你写了很好的作品，也有可能不认识编辑发头条、发大刊，你可能被几个选刊同时选载。对一个地方来说，要推出作者来的确要做到无私和公平，因为大家老是认为文人相轻，因为都是同行。我的父母亲是裁缝，小时候他们就跟我讲，裁工师傅都是互相"水"生意的，我很小就听到"同行生嫉妒"这句话。文坛更甚，因为都是文人，一个笼子关不得两只叫鸡公。我们很多主编，很多都是搞文学的，文人相轻，也有文人相亲，是亲近的亲，这两种，我更倾向于后者。但你不能说他完全亲，他是亲一部分人，这种就是小圈子文学，毫不客气地说各个地方都有小圈子，这种小圈子是很害人的，他面临的就是：我欣赏这些人，是我发现的，我培养的，很听我话的，很抬举我的。我是这个地方的老大，我就只发这些人的作品。完了，你这个地方就没有公平可言了。另一部分人就因为你的轻视，你的疏远埋没掉了。现在这个实用主义的时代，诱惑很多，对于一个主编来说都是难免的，别人给我送了烟啊茶叶啊，周末还请你去钓鱼，吃农家乐，这些人给你作品你发不发？另外的人，从来不跟我打交道，不往来，这两批作者的作品放在一起的时候，你发谁？最好是一个女作者来请我，晚上我和她共进晚餐，这件作品我就发了，不然的话我不发。我听到有一个报纸的副刊编辑，编了几十年，发了一些作品，小孩过十岁的生日，把他的通信录所有的作者找来，盛况空前，搞几十桌，过去我发了你一篇豆腐块，现在你要还我人情。这太恶劣了，何必呢，一个不就上你二百块人情吗？不得了了？发财了？不能这样，会被别人看贱。我认为，这属于权力敲诈，我觉得这个问题要引起大家的重视。

我说我碰到过很好的编辑，也碰到过很不好的编辑，说起我们的写作史都是一部苦难史。我写诗的时候，西北有一个编辑，只要给你发一首诗就要你给他寄邮票去，各种当时的纪念邮票。我当时都是跟他寄的四联票，当时的猴票，八分一张，四联张也就几毛钱，当时发一首诗大概就是几块钱的稿费，买几张邮票也可以。我想这个编辑跟全国的作者可能都开口要了，就他的猴票都不得了了，几百万算什么呢，太恶劣。还有的主编找我要过年的腊鱼腊肉，你要买，还得坐一天的长途车送来。一些刊物的主编和编辑他掌握的权力很大。我在《芳草》当了近六年编辑，我失眠比较严重，不喝茶，那时候别人送我的毛尖我是用来沤肥浇花的。一个编辑茶叶喝不完，后来我不搞编辑了，没有任何人给我茶了。有一个作者，跟我关系很好，人也很老实，过年之前给我背来了一块野猪肉，蛇皮袋子背来的。我说我现在不搞编辑了，我不能要你的，无功不受禄，我给他写了一个地址，我说你赶快送给某某。他说陈老师，我真的没有什么别的意思，我知道你现在没搞编辑，我是为了感谢您。我原来发过他几篇作品，说是来感谢我的。我说这不能要，你这一块肉可以再发一个作品，我是觉得基层作者不容易，结果我硬是让他送给另外一个人了。

所谓无私，就是对一个地方的文学要有一种责任感，要有一种责任心，不能顺我者发，逆我者毙。如果你看到比较有争议的作品，找另外的人去看一看，说这个作品我不能接受，你们来看看，最好找个年轻点的来看看。因为年纪大，有固定的审美倾向了，你作为一个主编是要容纳各种各样的东西出现。还有就是容忍，因为现在有一些作家，“80后”的比较自我，他不是不跟你打交道，他是不善打交道，因为他们都是独生子女，他们的性格比较怪，我行我素，独来独往，没有交际能力。我们签约作家中也有，这种人怎么办？很自我的一代，你能容忍吗？他就是这个性格，他从不给你发个短信，你下届就不签他的约了？他依然优秀啊，不仅给他签约还给他出书。

三、理解作家

我觉得仅有懂行和无私还不够，还要理解作家。要对他的作品去深入理解，要对他的人深切的理解，一个人他为什么这样写，他的作品为什么是这样的风貌，与这个人的经历和内心有关，不仅仅是看这篇作品，通过作品我要看到一个人，去理解一个人，去走进一个人的内心，走进他的世界，这样你作为主编才会少一些遗珠之憾。因为“文章千古事，甘苦寸心知”。写作是很不容易的一个事情，熬更守夜，搞出一个作品来你不问青红皂白把别人毙了，跟作者打交道要有感情投入，这种感情投入就是要理解一个作家的甘苦。有一次在易飞的作品研讨会上，我讲了一句很粗俗的话，不养伢不晓得 × 疼。一个作品研讨会也还是要理解作家，不要老是说作家作品的缺点，让别人难堪。我不是说要一味地说作家的好话，有些评论家是很有个性的，在这种氛围之下，好像都去说这个作家作品不对的时候，作家的内心会非常的沮丧。我辛辛苦苦写这么多作品，是希望得到大家善意的首肯和鼓励。不是要无原则地说他好话，你难道找不出他三个优点吗？仅仅找出一大堆的缺点来表明你见识的不凡，那有什么意义呢？现在的写作者更需要鼓励，大家的生活没什么问题，都有单位，但我接触了好多下岗工人写作的，农民写作最惨。有的为写作倾家荡产，老婆离开了他，房子也卖掉了去出一本书。生活这么苦，很多写作者就是为了改变他的命运，想表达内心，让人承认自己的存在。马尔克斯说我写作什么都不因为，我写作就是为了让我的朋友们更加喜欢我。说得多好啊！许多作者也不求什么，他明明知道写作是没有前途的，哪里有什么前途，基层的作者，他不就想在当地圈子里得到承认，因为他太过卑微了，人都是想得到更多的承认以后，也能活得像模像样一点儿。他也不是想去写作赚几个钱，他出一本书还要自己掏钱，所以我们要理解他们，同情他们，关心他们。

对于作者来说，精神的鼓励非常重要，还是要讲到我的老师陈善文。我写过至少两篇文章来怀念他，他是我们公安文化的大功臣，我们当时发作品，发诗歌，他有一个本子，每一个作者他都有一段话，放在他的抽屉里。我有一次和黄学农（雪垅）到他办公室去玩，他不在，我们就在他的抽屉里发现了这个本子，那时我还在水运公司当船工，写点儿小诗。我在他的本子上看到他对我的评语，大约是：此人文字功底深厚，很有前途云云。我看了真是好感动，并且决定要好好写。因为他是《公安文艺》主编，他的话就是金口玉言，给人的鼓励多大啊。而且一个作者的优点还是要靠挖掘的。

我到了文化馆以后，当时文化馆不能写诗歌、小说，只能写一些演唱材料，写歌词、快板书。有一次全县会演，让我写一个节目，有一个人，也是我们的前辈，在那么多人的讨论会上，他竟然说陈应松写的这个节目不能在全县汇演，你只能在乡镇去会演。当时我恨不得有个地缝钻进去。这种不负责任的恶毒话对人的自信心打击是非常之大的。但是好在有那位陈善文老师，他说你们只管写你们的小说诗歌，不要写那些东西，那些东西是成不了气候的。我要是听了另外的人，继续钻研演唱材料、故事和歌词，不然的话我现在还是在公安县文化馆编演唱材料。要知道，你一句话，对一个人的打击有时候是致命的。要理解，作为前辈，要谨言慎语，鼓励为主，只能给他们添柴火，不要给他们泼冷水。

四、戒妒敬业

职业编辑不存在妒，他不会去嫉妒作家，但身兼作家和编辑双重身份的要警惕。大家觉得可能我没有啊，但是你在自觉与不自觉当中会不会有一点？我见到的有些是作家的编辑对作家充满热情，我前面提到的韩作荣老师他是著名诗人，还有《十月》的宁肯，是著名作家。我讲的嫉妒，是人性的弱点，每个人都会自觉不自觉地表现出来，特别是对作家同行来说，如果你跟他同等水平，他就要提防你，如果你落到我手上我是不会让你比我风光的。我也碰到过，当着面说你的作品好得不得了，背后就说你的作品不好，他不否定你所有的作品，否定你给他刊物的作品。但是他说这个作品不好，可这个作品马上在选刊选了头条。

每个岗位都要敬业，敬业就联想到信仰、信念、责任、使命等，但主编敬业应该还是对作家创作的尊重。曹禺写《原野》时还是个大学生，有文章说是巴金从废纸篓里捡出来的，一看，这个剧本好，结果成了现代文学的六巨头巴老曹鲁郭茅之一了。你想一想你不敬业的话，那现代文学就是残缺的。有些是分配来的，他也敬业，每天八小时，辛辛苦苦地看稿子，反正八小时到了我就下班，这期刊物我编出来就行了，心态就是四平八稳、但求无过。这些刊物栏目的设置、装帧和排版，都是平庸状态。但是也有很多很好的包括内部刊物、民间刊物，非常敬业。像《土家族文艺》《荆州文学》，我们公安的《三袁》，也是获得省优秀期刊奖的。我说敬业，要有争办最好刊物的决心。现在文学刊物因为纸质书籍都处于式微阶段，慢慢在衰落，不像二十世纪八十年代，一份文学刊物可以发行几十万份，上百万份。现在的许多文学刊物没有阅读价值，寄我的好多没开封，马上转手卖给收破烂的。而恰恰有些内刊是我喜爱的。《神农架文艺》《三袁》，恩施的《清江》《女儿会》这都是我喜欢的刊物，因为里面有很多关于民俗方面的东西。而小说诗歌散文，可能就是一堆大杂烩，人情稿，应酬稿。

我收到的一些民刊，外省的不说，本省黄石的《后天》，江雪一个人办的，还有我们公安的《湍流》等，都办得非常好，非常纯正地道，有思想性、独立性，这样的刊物我是要永远把它保存下去，而不会卖给收破烂的。这种刊物有一种为伸张艺术的尊严，为保卫艺术而战的精神，为文学献身的勇气在里面。它是不顾一切的。我们是体制内的，我们有上级的要求，领导盯着，得找很多理由来拒绝民刊的办刊理念，但是我们不能拒绝他们为艺术献身的精神，这是纯粹的文学精神。要敬业就要承担风险，就要有牺牲精神。民刊并没有煽动什么政治问题，它是纯艺术的，它下了功夫。很多人都在大量地收集民刊，为什么？太好了。其实我们作为主编可以说服当地的官员，文联、宣传部的领导，我们要坚持我们的想法，在湖北办出一流的刊物。胆子稍微要大一点儿，要冒一点点险，要有担当，特别是对有争议的作品，你故意发点儿有争议的作品有什么不对呢？立此存照嘛。你再发表点儿正方意见，评论家再发表点儿反方意见，这不就平衡了嘛。

五、强力推介

作家是靠刊物推介出来的，毫无疑问，90% 的作家要靠刊物编辑才能出来，我们新时期湖北文学的主力军大多是从《长江文艺》起步的。现在一个刊物推出一个作家非常之难，因为现在不是文学的时代，强力推介一个人出来也非常之难，除非你是《人民文学》。我不赞成市州的刊物发外地作家的作品，有什么用呢？这样会分散你的精力，你的任务就是推介本地作家的作品。我的《新作家》说得很明确，现在全国各地向我们寄稿，不发，我只发本省的，我就是要发现湖北未来的作家，以青年作家为主。这样有一个好处，可以集中精力。你本地的作家，哪怕你的力量微弱，但是你在你的刊物一年去推介两三个，总会有效果的。地方刊物又不存在一个创收的负担，一期发一两个作家，全发他的作品行不行？这样推介至少在你这个地方，这个作家就站住了，不然你不能提高这个作家的能见度，你今年跟他发一篇，明年跟他发一篇，这个作家在当地都出不来。你可能考虑到，我这个地方作者太多了，让大家都有上版面的机会。排排坐，吃果果，你一个，他一个，平均分配，这可不行。要在一地形成一个氛围，要有为好作品喝彩，为好作品击掌叫好，为好作家欢呼这种氛围。氛围是靠我们营造的，主要是靠刊物。当然你也可以推一个群，我认为有些群是靠你制造的，不是说真是你自然形成的，你当地有个什么作家群你就可以打造。李敬泽也跟大家谈到了，他在《人民文学》的“非虚构写作”弄得风生水起；《钟山》推“新写实”；《上海文学》推先锋小说，都有它的主导，一定要主推，不能让刊物成为万精油。

强力推介还是靠发现。因为你推介谁呢？我前不久看了一本书，讲作家关于他们的投稿经历，我看了真的内心不是滋味，但是好在他们是写出来了。像迟子建的第一个小说《北极村童话》，好多刊物全退稿，她当时只是一个师范生，后来成为经典。就以我举例吧，我前面讲过我的小说《雪树琼枝》，最搞笑的跟王安忆关系比较好的，上海的一位编辑，给我来了一封信，是约稿信，他说，王安忆在上海的几次会上提到你的《雪树琼枝》，这样好的小说你为什么不给我呢？我看了只有苦笑。我这个小说最初就是投给他的，他看都没看或者看了几行就给毙了。我又不好明说。他当时的心态，可能就是觉得你陈某某名气不大，写不出什么好小说来。作家这种不被人发现的苦恼太多。迟子建的《北极村童话》是在一次笔会的时候被朱伟发现的，于是她的这个小说在《人民文学》上发了。我 1986 年写的短篇《枭》就是朱伟发的，我当时也不认识他。像阿来的《尘埃落定》，当初投给十几家出版社，每投必退稿且全是铅印退稿信。还有麦家的《暗算》，也是投了十几家出版社全退稿，现在也是很火的经典。这些大量被退的小说都获得过鲁奖和茅奖。

强力推介，一个编辑要有持久的热情，我认为现在很难。一个人长久地喜欢一个东西很难。但是你对一个作家抱着持久的热情的话，你一定会强力去推介他，可悲的是现在的编辑、主编们，精神都不集中，很淡定麻木，不像二十世纪八十年代，充满着对文学和作家发现的热情和激情。我在神农架办青年作家创作读书笔会的时候，《小说月报》原创版的副主编邓芳，她说现在看稿子，一进办公室就头皮发麻，看小说看到令人恶心的地步。现在的小说不好看，不好读，没有冲击力。你想想，《小说月报》的原创版，给她的稿子都是成名作家的好稿子，她头皮发麻、恶心，那基层刊物看的稿子可能更恶心。怎么办呢？你还是要把好稿子沙里淘金地选出来，还是要去发现作者，保持对文学的热情。我在微博上看到有个北京的编辑说，今天看了一天的稿子，看得头昏眼花，快下班的时候，终于发现了一篇好稿子，眼前一亮，然后在编辑部传阅。这就有激情，看到一篇好稿子的时候，整个编辑部会欢呼。终于没有辜负我的一天八小时，这样的激情要保持，这才是个好编辑。

以上五点，纯属跟大家交流谈心吧。大家都是文坛中人，你们见证了湖北怎样成为文学大省的一个历史。湖北虽然是文学大省，但也有青黄不接之虞，这种担忧是存在的。除了靠作协的各种努力，靠文学院的签约，还要靠刊物来发现新作家。每一个县市都是大有可为的，可以做更多的活动。比如，可以多办采风笔会，采风笔会有什么好处呢，一是把这些作者凝聚起来，让大家增强写作信心，写作者都像是大兽，独心独肝的，不像羊群一样扎堆，大家都待在谁也不知道的角落在写，在苦思冥想。二是让他们有一个身份认同和确定的意识，感觉基本上受到当地的承认了，会给他一种鼓励。大家待在一起多了，会形成一个沙龙式的圈子，大家一起谈文学，即使不谈文学我们做个好朋友，也是一种互相的关照，互相的支持，互相的鼓励。还有作品研讨会，比方，这一期有个什么样的作品，搞一个小型的作品研讨会，到一个茶社、咖啡厅这样的地方，以这种比较高雅的形式，大家一起对某一篇作品进行讨论，讨论出什么结果不重要，只要大家以这种方式多聚，这个地方文学的氛围就浓了。这还是要靠主编来邀，也有很多主编是常务副主席、主席。再就是可以跟大刊联合，举办一些笔会，跟文学院联合开作品研讨会，我们都支持。

再是多与周边地区进行联系，发挥各自的地域优势，湖北有一个很怪的现象，它有不同的文化形态，网上段子很多，说襄阳说起来是湖北的，实际上就是河南人；恩施，就是重庆人嘛；荆州跟湖南的饮食习惯、风土人情一样，土语跟常德一样，同地域的可以跨省联合举办活动。像我们公安文化系统就跟湖南安乡、澧县、华容都有紧密的联系。这样的交流很重要。比如我们荆州荆南三县，也可以搞联谊，这三县出了很多作家，是一个有趣的现象，可以探讨，可以研究。要互相走动，比方说，这三个县市的刊物可以共同办一个栏目叫“荆南三县作家群”。包括一些城市，可以搞城市文学大联展，我们一起来开个笔会，大家轮流坐庄，这样就壮大了声势，让文学更加活跃。像我们《新作家》就与许多地方搞过几次笔会，每次都为当地写出了一批优秀的作品。前年我们在恩施办笔会，我写的《恩施大峡谷记》《土家摔碗酒》，当地很喜欢，上次恩施文联换届的时候，王海涛书记指示给与会者每人发了一份我的《恩施大峡谷记》。如果没有笔会，就不会写这些文章。

最后，我要说的是，以刊物为中心，以刊物为根据地，可以把一个地方的文学搞得风风火火，刊物对一个地方的作家有足够的凝聚力。刊物是一个地方的文学符号，是文学的化身，是一个地方文化的形象展示。有一个刊物这个地方形象就会不同，什么是文化，文学就是文化的最高成就，你整个地方的文化就是用文学刊物来展现的，也是一个地方文学实力的显示。

背铁砧上山

·在江汉大学的演讲

同学们，朋友们，当我们在这里讨论文学的时候，文学就出现了。其他的时候仿佛文学是不存在的，作家们都像死去了，消失了，隐居了，出家了，或者改行了。在所有的声音中，我们听不到作家说话，这是何其沉闷何等奇怪的事！作为说话的人，作家为什么逃避说话的责任？也许，作家是一类害怕说话的群体，或者他们说话的地方是在书上，在虚构的故事中。或者他们非常聪明，作为屡遭迫害的一个职业，他们知道如果不谨言慎行，就会引火烧身，因为嘛，老话说得好，言多必失，祸从口出。

但是，这个时代的文学是有战斗性的，许多人不知。躺在商业操纵的亢奋阅读和假想的小资情调中写作，你的对手正在伤害到你。对文学在社会的腐败和失真的现实中的挣扎绑架，浑然不觉。弱者永远在冰冷的拒绝中苟活，而某些恶行像铁一样存在泛滥，恶得到纵容和默许。作为底层的幸存者，他们却能忍受步步紧逼的掠夺与欺骗，在别人早就划定的秩序中，在遥远的地方，在传媒永久失联的角落活着。如果偶尔出现，他们不会太妙，要么成为烈士，比如救人，成为死者；比如脚手架坍塌，更可能会成为被抹黑的恶棍、刁民，暴徒。但是，如果他们学会了不与权力和统治者的律法靠近，与运气保持良好的关系，他们会有自己的生存率。而且他们获得简陋幸福的来源会有很多，会直接向山川荒野索取，不会麻烦他人，不给政府添堵，不会碍人眼目。有时候，作家想到此，虽然会悲痛，但也有最为深切的祝福。这本来是一些生命的卓绝之处，我们连点赞的地方都没有。他们不会进入我们的眼帘。我们系着安全带，只盯着红绿灯，盯着桌上有否增加“三高”概率的食物，盯着利益的流转和那些对我们有用的人，心中盛满盘算。

文学依然忍辱负重，沉默的写作者，在用带着热量的文字战斗，他们想尽办法，用文学赋予的一切权利，比如象征、隐喻、犀利的思想和反讽的言辞来完成反击，表达他们的严正立场和使命。但这是一个人的血性所决定的。

如果我不写作，我可能只是一个网络的旁观者、潜水人或老愤青，要不就喝上一杯蒙头大睡，在浑浑噩噩中享受体制带给我的虚假的名声，并且堂而皇之地笑纳。体制不会让我过得很差，工资并不比下岗工人低，待遇不一定比公务员孬，可以喝恩施绿茶，喝毛铺老酒，也毫不留情地在天猫上下单，购买名牌赝品。但是，作家拥有了一支笔，就像一个人突然有了一支枪。要么作恶，要么行义。作恶打家劫舍，行义杀富济贫。枪的作用也就这两种。

我们可以减少与社会的直接冲突，比如在网上破口大骂，直通通地表达激愤，对某个恶警、恶城管、贪官、骗子畅快淋漓地痛斥。我们可以有一个地方表现我们的血气方刚，主张正义，揭示生活中一角的现实与生存经验。就如美国作家、评论家苏珊·桑塔格说的："作家的首要任务不是发表意见，而是揭示真相，以及拒绝成为谎言与讹传的帮凶。文学是微妙与矛盾之所，而不是简单化的声音。作家的工作就是让人更不轻易相信那些精神掠夺者。作家的工作就是让我们看清世界的本相，充满着不同的诉求、不同的组成部分以及不同的经验。”这种现实生活是在网络对峙的现实之外的，抛到一边的，完全没有被人发现的，忽略的，遗忘的世界。网络何其大，简直浩渺无边。但是，网络何其小，就在电脑和手机的方寸之间，而且非常嘈杂吵闹。那么小一块地方，人们扎堆，拥挤不堪，互相指责，抱团谩骂，举证、反驳、讥讽、人人手摇大旗，站在道德制高点上，欲置对方于死地，虚拟的刀枪棍棒，杀得血肉横飞。一个正常的人多在网上待一会儿就会双眼充血，血压升高，心动过速，心怀杀戮之恨，戾气冲顶，恨不得掀翻整个地球。

诚然，这里有严峻的现实，有欺凌和反抗的真相，有对政府部门的质问，有冤屈和悲愤，有骇人听闻的迫害。比如，城管暴踩小贩头，秤砣砸死人，拘留所里的各种死法，强制拆迁的推土机将人碾成肉饼，官二代的耀武扬威和权贵掠夺社会资源的耸人听闻的丑闻。但是作家不能仅有一张骂街的嘴，必须有一支负责任的笔。

基于此，当我一次次走向神农架的时候，我的身心有一种私奔的快慰，离开悲痛与吵闹，一个庞大而宁静的世界在远方等着我。当一切觉得没有前途的时候，我们还有远方。神农架传说是有野人出没的地方，野人是南方古猿和巨猿的后代。照说，它们都绝种了，只有一两块骨头的化石。但是如果我们有足够的运气，我会与它们相遇。不过，在那里，我更欣赏触手可及的大气蒸腾的景象，群山一眼望不到边，世界似乎没有尽头，思绪可以在更远的天空中起落。峡谷因为畸形发育而残损深切。可以看到 2.5 亿年至 6500 万年前“燕山造山运动”而导致的扭曲狰狞，褶皱断穹。看到第四纪冰川经历的刨蚀地貌和 U 形谷，巨大的冰斗、角峰、刃脊、漂砾，巨大的擦痕等。可以看见因为高寒而在湖北任何地方看不到的冰雪、雪线和凌柱、冰瀑。看见因地壳碰撞和挤压而产生的河流、瀑布。看见那些躲过第四纪冰川而侥幸活下来的草木与鸟兽，那些鸟语花香，白云缥缈。但我也看到了因为贫穷和偏远产生的暴力与杀戮，悲伤与忍耐。也有因基层政权的薄弱与失控导致的混乱与凶狠。

比方说，多年前那里有收山货的人戴一块几十块钱的手表，被贫穷的山民盯住而被杀。有挑夫将来神农架踏勘的林业工程师们杀死，我的《马嘶岭血案》就是脱胎于这个真实的惨剧。我写的《豹子沟》中的事情也是真实的，采药人在神农架靠重庆那边的山里，被当地村干部打死无人管。丈夫把老婆的眼珠子打出来。丈夫只要喝酒不高兴就家暴，就将老婆的膀子卸掉让其脱臼。也有下电网电野兽将自己电死的。也有乱砍滥伐让你气愤不已的。比如非保护区的一些山上，百年的红桦砍后扔在山里，为了一棵桫椤树上顶多两百块钱的果实，竟然将这些数十年的大量梭罗树拦腰砍断，让人恨得咬牙。为了让保护区开满杜鹃，竟然把许多山上的杜鹃全部挖走，还有兰花，比如春兰、蕙兰，也被挖光了。还有荒唐的忍耐。比如，在多年前，我听人讲过这样一个故事，一对年轻人去很远的乡政府找民政干事领结婚证。那个民政干事看上了漂亮的女孩，找借口说要等书记回来签字，让小两口在乡里借宿，因为太远当晚回不去了。女孩借宿在民政干事宿舍。半夜民政干事进去将女孩强奸，致其怀孕。几个月后，女孩父亲来到乡里找那个民政干事，不是杀人扯皮，不是上访告状，而是跟民政干事打招呼说：以后我女儿到婆家去怄气我是要找你的呀。再如，神农架深山老林里，有不少呆傻人。有的是因为三岁前高烧无法去医院治疗而烧坏了脑子，有的是因为不读书，有的是因为近亲结婚生下的孩子。许多正常的男人也找不到老婆。女人少，漂亮点儿的都外出了，嫁给城镇人了。我前不久去神农架红花坪村住，那里死了个四十多岁讨不到老婆的单身汉。他与八十多岁的老母亲同住。他找母亲要二十元钱买烟，未要到，他在茶园采茶，越想越怄气，就回家一绳子吊死了。

即便有这么多悲剧，即使生活简陋，劳动繁重，许多家庭收入微薄，但至今在神农架深山里，村里的房子大门是不上锁的。村里不会出现小偷和丢失东西。人与人之间充满信任。比如卖茶叶，采来的鲜叶放在家里，收鲜叶的商人自称自取，你说多少就是多少，然后将钱放在这家人家里。人们在朴实的桃花源般的生活中，没有奢求，不会在网上骂骂咧咧，知足常乐，人的生命力是呈原始状态闪光的。作家在这里可以直接进入文学永恒的主题，生与死，爱与恨的深处，让文字与大地紧贴，生命与自然共舞。这儿所有的生灵包括一草一木，一朵白云，一声狗吠，都可以上升到神圣的境界，对它产生全身心的爱恋。将我们在过去的生活里，在恶劣的、卑贱的人际关系的交往中出现的心灵污垢，人格扭曲，争斗算计冲刷掉，重新拾回生命源头的东西。就像卡夫卡说的，为了获得生活，就得抛弃生活。他还说："我们生活在一个恶的时代。现在没有一样东西是名副其实的，比如现在，人的根早已从土地里拔了出去，人们却在谈论故乡。"作家他已经不是人民，却在谈论人民，书写人民；他已经不是自然，却在假装热爱自然，赞颂自然。

而奔向远方的人，就像甩脱了对手的围追堵截，精神的折磨和绞杀，像一头疲于奔命的逃亡的老熊，找到了一个可以休整和躲避的洞穴，它获得了安全感，它重新积蓄力量，开始新的生命。作家的笔也是这样，他从无休无止的个人恩怨和社会格斗中奔向山川草木辽阔的世界，就像一只鹰在某个高度，可以俯瞰整个河谷和平原，充满神视的品质和气魄，生命的传奇与壮丽即将展开。一个作家突然靠近了那些卑微的、从未听说过的生命，那些在当下残酷的丛林法则肉搏之外的，像野生动植物一样的伟大的人，聆听他们的心跳。那些底层带着滚烫热血求生的人，那个与鸟语花香在一起的生机勃勃的世界。

文坛只不过是社会角色中普通的一员，并不比其他行业特殊，一样面临着价值混乱和道德重建的问题。作家因为心中有一份优雅的诉求，极易成为文字表演者，矫饰者。因为写作对独处和安静的要求，更加容易坠入与社会严重的脱节中，有点像精神病患者的疗养和麻风病人的隔离。满身名牌却缺少烟火气，面孔深沉却对现实漠然。优雅成为他们生活和表达的全部，在文字油膏充足的皮层中没有血管奔流。一个作家所到达的地方不同，所处的位置不同，但我愿意坚守那些比较寂寞却可以一辈子值得坚守的东西。如果别人没有看到那些美景，没有勇气和决心去向荒凉与陌生之地，要他承认并赞赏你所坚持的东西是困难的。谁都在用一堆理由证明自己的写作是天下第一正确并且是天下第一流的。不要争辩，我愿意待在某个地方，行走，交往，目不转睛地注视，书写和陶醉。我自己，从一个城市价值污染最为严重的沦陷区来的人，就是投奔自由。这一场自身的革命，不否定他人的劳动，但作为幸存者、脱险者，绝不会回头。当我的激情慢慢矫正，回归优美的大地，与万物为善。然后我会作为另一个异地的见证人，清算自己和这个时代造成的丑恶。但是，它是从赞美辽阔的大地和自然开始的。

当我在山上和森林里大喊长啸的时候，我对自己的生命状态有了自信。这是一次长途跋涉的证明。你的欣喜跟跑到一个无人的地方大哭一场是一样的道理。有一种驱动力和信仰的东西在承认我的皈依。这不是窥探而是深入，不是猎奇而是拥抱，虽然怯生生的，莽里莽撞的。其实这也不过是一个劳动者找到了一个自己喜欢的工作环境，但神圣的东西与我相遇了。无论怎样声嘶力竭地证明你的写作有多么伟大，多么崇高，多么有灵魂，不如一头扎进群山的怀抱。有人会问，你只是你自己的生活发生了改变。你的作品改变了神农架的生态吗？改变了当地农民的生活吗？提高了他们的苞谷和茶叶产量吗？能引领文学走向大自然吗？能改变文学的接受率吗？不能，是的，一切都不能。

我下面讲一个背铁砧上山的故事。

神农架自然保护区深处有一条阴峪河，阴峪河也曾是一个村庄，你站在神农顶如果天气晴朗，可以看到峡谷底部那条细小的河流，但村子已经荒废了。它因处在核心保护区，所有五十五户，两百零七人全部要搬迁出来。这个村子当年与世隔绝。据说村里住得远的人家到镇上去一趟，买日用品和卖山货，要走两天，途中要借宿或在山洞里过夜。有一个村民叫沈昌海的，他们一家被安排搬迁到约两百公里的堂坊村。但举家搬迁他们要将所有的物品用背篓背到一个叫观音岩的地方，上公路后再装上汽车。这一段路没有路，在森林中和悬崖上，要过无人区。一个家要背几十趟，什么床呀柜子呀，都是放在背篓上背出来的，可以想见搬家之艰难，弄得不好，那么又重又大的物件，失去平衡就会坠下岩去。他家里有一个一百多斤的铁砧，是祖上传下来的，现在毫无用处，就是一块死铁，铁疙瘩，他完全可以丢弃掉，但他竟然背出来了。到了堂坊，他买下的当地农民的老房子在离公路十多里的老山上。也没有路，要翻过两个山梁。我去找他的时候，翻山越岭，走了几个小时，走得人仰马翻，精疲力竭。山也是很陡的山。只不过，不在保护区了。他之所以要买下这山上当地农民荒弃的、透风漏雨的干打垒土屋，是因为这山顶上有十几亩坡地，可以让他们生活。住到山脚下，公路边，他没钱建房子，也没有地可耕种。同样，又得几十趟将两车生活生产物品用背篓背上山。还有那个铁砧，他完全可以当废铁卖了。但是一个农民对自己的家传物品都视若珍宝，他依然将它背上了山。我用尽全力试了试，撼不动，但他可以放入背篓，背几个小时。这块铁砧放在墙角里，跟一块石头没有两样，毫无用处。有用的东西很多，比如，他屋梁上挂着有近千斤腊肉，密密麻麻在头顶。这是因为，猪赶不出来，又卖不出去，只好杀了腌制成腊肉。有许多木方，大约有几吨重，都解成两米来长，是在未禁伐时砍的，以后建房子家具要用，全部一根根背出来再背上山，一根木头也有两三百斤。还有近千斤苞谷，体积太大，再没法背出了，就全部酿了酒，比较好背出来。一般两斤苞谷酿一斤酒。他请了几个亲戚背，每人背几十趟也背了两三天。这简直是不可想象的。还有三头牛无法用汽车拖，他和他的父亲就赶着三头牛从阴峪河走到新家走了三天，带着被子干粮。按他的话说，三头牛的牛蹄子都走肿了，全部的蹄壳都走烂了。我问他铁砧现在做何用，他说没有什么用，但自己的东西舍不得，就背上来了。他说这话没有任何愁颜，非常乐观，仿佛背这些无用的东西上山是天经地义的事，哪怕再沉再无用也得背，没有抱怨，人生的困苦都是命运所赐，必须乐意接受。

这个背铁砧上山的故事大家可能会联想到希腊神话中那个西绪福斯的故事，简直太像了，如出一辙。西绪福斯曾经是一位国王，由于泄露了众神之父宙斯的秘密，宙斯派死神将他押下地狱。但他足智多谋，绑架了死神，死神在西绪福斯手上，人间就没有人死去。后来死神被救出，西绪福斯被打入冥界。由于他触怒了众神，为了惩罚西绪福斯，便安排他将一块巨大的石头推到山顶。这事无法完成，每每快到山顶时，因为太过沉重，又滚了下来。于是他再推。就这样，西绪福斯永远推着这块不能到顶的石头，成了他唯一的生命。

我们将两件事联系起来，一件是希腊神话故事，一件就发生在离我们并不遥远的神农架，发生在我的身边。这看起来是不可理喻的，但的确是现实中一个头脑清醒的农民所为。现实跟神话一样精彩，一样富有哲理和象征意味。这是一个伟大的象征，也是一种伟大的生存。一个背着铁砧上山，一个推着石头上山，两者都是悲壮的悲情英雄。

法国获诺贝尔文学奖的作家加缪，也是存在主义作家，他写过西绪福斯，他从存在主义立场出发，认为西绪福斯的这种工作是荒诞的、无意义的。他评价西绪福斯说："他的激情和他所经受的磨难。他藐视神明，仇恨死亡，对生活充满激情，这必然使他受到难以用言语尽述的非人折磨：他以自己的整个身心致力于一种没有效果的事业。而这是为了对大地的无限热爱必须付出的代价。"我们知道，西绪福斯是因为贪恋人世的美景，才被罚推这块巨石的。在被打入冥界前，西绪福斯嘱咐妻子墨洛珀不要埋葬他的尸体。到了冥界后，西绪福斯告诉冥后帕尔塞福涅，他说一个没有被埋葬的人是没有资格待在冥界的，并请求给他三天时间告假还阳，处理自己的后事即把他埋掉的事。但没有想到，西绪福斯一回到人间，看到美丽的大地景色就不想离开，不想回到阴暗的冥府去。后来他死了，回到冥界才被罚推巨石。加缪说的荒诞和无意义，就算对，也不过是一个局外人、一个旁观者的看法。在我认为，推石头和背铁砧的人，他们的生活并不荒诞也存在着意义。

许多人的一生也许就是进行着一种看似无效的没有尽头的劳役。在神农架人那里，永远是这样。前不久，我在神农架一个农民小黄家里住，他们夫妻从早忙到晚没有歇息的时候。他的老婆在亲戚家帮忙办丧事两天两夜未休息，回到家连坐一下喝口水都没有就背上小茶篓去采茶了。我曾经在一家何姓农民家借宿。他住在深山老林中一个叫庙儿沟的地方。他有两个孩子，一个女儿当时读初三，一个儿子当时读小学六年级。他们上学在镇上住读，周五下午回家，要走四五个小时，要在山上，在老林子里，也要走悬崖绝壁。我借宿的第二天是星期日，是他们返校的日子，但上午他们却与我们一道，步行了十多里路，上另一座山去挖药材。他们挖完药材回家吃饭再背米返校，这一天就完全没有一点儿空闲。这种生活我们也会觉得太苦，像蚂蚁一样奔忙，没有意义，荒诞。但是对于一个农民来说，是他们完整生活的必然，是为了明天的拼命。

这也使我想起了一部法国的获得龚古尔文学奖的自然主义小说《马鄂的雀鹰》，作者是卡里埃尔。这部小说是写一个叫雷朗的农民，坚持在没有水的马鄂的高山上，每天去挖山洞寻找水源，为了活下去，所有的人都离开了这个贫瘠的高山，去到了城里，他却坚持生活在这里，挖出山洞巷道几十米，但却还是找不到水源。他的岳父劝他说："就算你在山下面找到了尼亚加拉大瀑布，这能改变你的境况吗？因为这个，你就不笨了吗？"雷朗回答说："如果我白挖使我高兴呢？"

捍卫自己的生活，哪怕在外人看来是毫无意义的行为和劳动，但这是对抗外来世界最具有英雄主义气质的方式。是与一座山相匹配的。不让自己颓丧和绝望，咬牙向前的生命惯性。这种生存方式，是一种不屈从于命运的抗争，具有悲壮的愚顽的史诗性质，可以开拓人们对于当代生活的认识。因为白挖也会使他高兴，这关别人什么事呢？

一个作家的工作难道不是一样吗？他能力微弱，表达也人微言轻，在这种看似荒诞的现实中，去寻找底层生活的正当性和伟大之处，没有意义也让自己变得坚强。我看到过一段文字是这么说的，如果有一堵墙无法推倒，许多人也撼不动它。但依然有更多的人，日复一日地参与推。虽然，我们无法推倒这堵墙，但因为我们每天的用力，我们的肌肉和体魄强健了，这难道不是一种意义吗？沈昌海也好，西绪福斯也好，雷朗也好，作家也好，最后，你的人，你的作品，会变得跟石头和铁砧一样坚硬，你自己就是那块石头和铁砧。文学的意义诚如卡夫卡所说："文学只是加深了我对他人的自我、他人的领域、他人的梦想、他人的言论和他人所关心的地域的同情。”同情即是最大的意义。

加缪说：“今天的作家不应为制造历史的人服务，而要为承受历史的人服务。否则，他将形影相吊，远离真正的艺术。”制造那块铁砧的人并不伟大，伟大的是在命中注定背负它的人。背负它的人中，让背负有意义的并不伟大，真正伟大的是那些辛苦承受却毫无意义的人。承受者就是文学的意义。

在神农架，我看见了太多像沈昌海这样背负铁砧上山的人。这些人与我们的生活完全不同，他们并不知道外面的世界。我所住的那个村，一个七十多岁的老人，这辈子竟然连宜昌也没有去过，更不消说武汉。他们不读书不看报，也不知道网络世界的恩怨情仇，他们想到的就是怎么将一块笨重的铁砧背回家去。只有这块铁才是他们实际的处境和生活，是他们需要处理的难题，也是他们的所爱。他们并不认为这多么困苦和悲痛。再说，一个人在角落里自生自灭活着还需要别人赋予意义吗？宙斯和他率领的众神活着才是有价值的？那些资产阶级小姐、社会精英的活着才叫活着？

石头和铁砧是我们要征服的对象，而作家对这片山岗注视的时候，看到了鸟声啁啾，奇花异草，看到了晨光妩媚，夜色深沉，看到汹涌的泉水从山上奔腾直下的时候，你接受这样隆重的、盛大的馈赠，这不是生命意外承受的惊喜吗？不是精神的盛宴吗？如果这还不够，你尽可以将天地揽入怀中，一个人独自将它享用。但幸福是要分享的，卑贱者们的幸福就是文学在现实那儿得到的最好的回馈。

我刚从神农架回来，在神农架居住期间，我与当地朋友在山村里每天吃自己采摘的野菜如鸭脚板、马兰头、折耳根。变着法子下火锅，凉拌。这些粗糙的、有些异味的野菜何尝不是在涤荡我肠肚中的辛甘肥厚。我怀着隐秘的渴望登上动车再转长途汽车，是对生活中遍布的平庸和肮脏的反叛。拒绝水到渠成的没有意外的生活，不与这个荒唐得骄奢淫逸的时代和解，必须服从于真理。仅有网络、书本是不够的，那些认为在自媒体上振臂一呼的人们，不停地展示自己高雅和闲适的人们，他们缺少与人民直接对话的机会。要与远方的他们同路，结伴而行。纵不能分担他们肩上的重量，如果能够陪他们一程，那你的作品中的人物和世界才是真实可信的。你就获得了一块铁砧，这是给你的作品增加分量的。但我们当下的作家依然在这个读者稀缺的时代玩弄诈骗手法，如果没有读者，他是在诈骗自己；如果有读者，他是在诈骗社会。

最后，我要说的是，只有负重远行的生命才是有意义的，对文学尤其如此。要敢于丢弃自我，才能超越自我。神农架这个庞大奢侈的世界让我体验到了最为悲壮也最为壮丽的命运。没有人将它当作圣地，对于我，只不过加入了另一种短暂的生活，但它是有力量可以否定以往的生活的。这种短暂的反叛是对抗自我毁灭的最大能量，避免粉饰现实和复制传统。那里没有神，虽然有首歌唱说“神农架真是有点神”，那里不是西藏，不是神的国度。但注视那些平凡、笨重、愚顽的命运，会使我们的内心处于纯洁和神圣的状态。文学的意义最终会在这里被点亮。

小说的远方气象

·在海南作协 2015 年读书班的演讲

当我一到博鳌，入住玉带湾大酒店，推开阳台的门，大海的涛声就向我涌来。我知道，我来到了天涯海角，来到了远方。而在前几天，我还在海拔四千多米的稻城亚丁。这里呢，海拔一米吧。但这都是远方，有各自的远方气象，稻城亚丁是雪山的气象，大雪飘飘，空气稀薄。而这里是大海的气象，涛声如雷，一碧万顷。我们的写作，无论是什么题材的作品，都要有远方的气象，这是我的一种想法，不知道今天能否说清楚，我试着说说吧。

我们的文学局促于眼皮子底下的景观，已经让我们的读者感到有些厌倦。无论是什么主义，文学都是要向远的，是指向远方的。但我们丧失掉了对某一种主义的固定程式的警惕，似乎你不从一而终你就不是一个好作家。据我分析，它不源自官方的提倡与压抑，我们的青年作家缺乏自我抉择的狠劲，还因为现实处境和利益的考量，使许多作家失去了对一种高远气象的追求。

以我对我接触到的一些青年作家的观察，许多人都是没有什么远大追求而仓促走上写作之路的。一开始，与他们奢谈文学的终极意义是很可笑的，对他们要试试看。如果有所造就，带他们走一段，走得远的最好；如果不堪造就，小眉小眼，就让他们自生自灭。

文学似乎仅仅追求的是一种声响而不是沉潜，在各种追求声响的商业阴谋和体制规劝之下，在各种所谓写作成功的美好幻觉诱惑之下，短平快的写作模式更容易被人接受，湖北人把这种行为称为“吹糠见米”，甚至也被他人称赞为有智慧，很聪明。有的是生活所迫，有的是名利所诱。仓促成军的新写作人借助商业和网络的灌顶和加持，体制的激励和重赏，打造了一些明星，逐渐成了气候。文学新一代的格局一旦形成，体制内外的权威声音就只好容忍和接纳。

另外一种，纯文学领域有追求、有才华的一类青年作家，也是未来将被文学史召唤的，在官办刊物竞相重赏和求稿的催逼声中，匆忙成文。当下的刊物因历史负担从来就有着谨慎的选稿标准，不会对出格之作，叛逆之文开绿灯，这助长了一些依靠刊物成名的作家采取中庸写作策略，适当地展现自己的才华，却不会孤注一掷；细水长流，而不会心力交瘁。相信挖掘身边小事也有意义，也会被慢慢混熟的文坛承认；还有的是从他人的小说中寻找灵感……这种缺少读者参与评判的纯文学圈里的小众生活、小众情趣、小众艺术、小众欣赏，但稿费却日益上涨、丰厚。

还有一种奇怪的现象是作家不谈文学，他们谈论的话题往往是电影，是中国好声音，而且读书太少，仿佛只有才华，不必经过艰苦的读书、思考和行走也能在圈子里混出个人样。

文学创作说到底，就是一个观念问题。观念是什么，你的作品就是什么。观念是一种综合视野，你有了视野和胸怀，你才能对写作进行有效定位。你不能突破，主要是在观念上不能突破。你的观念是否有高山大河的地质地貌，还是小桥流水？全在你胸怀的培育，观念在哪个疆域，你的写作就在哪个疆域。

我讲小说的远方气象，并不是要你仅仅书写远方。我说的远方气象是与我们身边的故事琐事迥然不同的，它是一种气象，也是一种气质。比如，我们读马尔克斯的小说，就像发生在地球上一个从未有人去过的角落，你觉得气象高远。不说长篇小说，说他的短篇。他有一个短篇叫《有人弄乱了玫瑰花》。故事本来奇特，他的叙述更有一种遥远的意境。这种叙述气质我们不知道是怎么形成的，但很明显，他不是按常规讲一个故事，所以这里面，出现了故事以外的独特味道，这正是作家非常稀缺的、难以言表的、无法学到的东西。这是一个很短的亡灵叙事小说：因为与妹妹掏鸟窝而摔死的哥哥，希望长大后卖玫瑰花的妹妹能拿些玫瑰去他坟上，但他始终没有等到。哥哥的亡灵总是来到老屋里，二十年，今天又来到老屋，想弄几枝玫瑰插到自己坟头，妹妹没有一丝怀念，也许她忘了很小时死去的哥哥。那些以为是被风弄乱了的玫瑰花，其实是一个亡灵在那儿摇动。有时候，好小说并不在于故事本身，故事只是叙述者的一个线索。

在座的作家有许多是写大海的，这是你们的强项。在世界文学中，要说写大海我认为最好的作家是海明威和斯坦贝克。他们的《老人与海》和《珍珠》都是脍炙人口的，有远方气象的。我这里特别提到一个作家，是危地马拉的阿斯图里亚斯，他的长篇小说《玉米人》是我多年来执着喜欢的一部小说，且捉摸不透他作品中空旷的空间和深邃至茫茫远方的东西，一个小说的意境究竟有否边界？就像宇宙本身。它吸引我的持久力量和本事究竟是靠什么完成的？《玉米人》写到的故事虽然很动人心魄，开阔大气，但我是讲他小说中的一些章节、一些情节、一些场景、一些人物的奇怪举止。他写到在危地马拉的伊龙群山上的一场斗争，那个叫马丘洪的人外出求亲时遭到千万只萤火虫袭击的场面，不仅是好看，而且是非常的奇艳，最后，他竟然在萤火虫堆里骑着马消失了。在戈多伊上校带着人马去一个村庄处理命案的路上，出现了成千上万只野猫的眼睛，千万颗巫师的脑袋，无数的丝兰花。小说中出现两个寻找老婆的章节，第一个写瞎子戈约·伊克寻找老婆玛丽娅·特贡。老婆是喝了爬过蜘蛛的巧克力玉米粥而受蛊，丢掉家庭，带着孩子跑了。第二个是邮差尼丘，老婆也是喝了蜘蛛汤跑了，但尼丘一离开镇子就变成野狼。他如果走到玛丽娅·特贡峰，就会因为思念老婆，让老婆的影子出现在石头上，于是他就会狂奔掉下万丈深渊。而这个特贡峰恰恰是一个传说：追赶自己离家老婆的瞎子戈约·伊克因为看见了玛丽娅·特贡，自己变成了一座山峰。传说和现实是交织在一起的。还有七戒鹿和一个叫库兰德罗的人是同一个东西；卡娅老太太肚子里被谁用蛊灌进了蛐蛐，于是不停打嗝儿，于是她的孩子怀疑萨卡通一家人所为，杀了八个人。当然有一个人太小未杀，被戈约·伊克救出养大成了他老婆，就是玛丽娅·特贡。而邮差寻找的老婆叫特贡娜……这伊龙大地的鬼魅让这个小说扑向遥远的意境。特别是最后一章“邮差——野狼”，我认为最神奇。邮差尼丘不停地在山中行走的描写，有时是人，有时是狼，走着走着就变成了狼。作家以这一个人的行走和寻找这个邮差——野狼的伊拉里奥的行走，串起了所有人。特别是写尼丘变成野狼后来到一个山洞里，到后来因为萤火法师烧掉他的邮件后不敢回去，只好跑到海边和给海岛犯人送椰子酒，所有的人，所有的失踪和死亡的原因在这里交代。萤火法师、库兰德罗——七戒鹿、马丘洪和未婚妻、戈约及戈约的儿子，戈约寻找的老婆玛丽娅·特贡，等等。我每次读到这一章时总觉得太奇妙太伟大，小说的叙述简直太神，这个隐形的叙述者像是一个幽灵行走在深夜的群山之中，不仅把我们带向了历史的远方——比如，关于危地马拉印第安人的传说，也带向了地质学意义和文学意义的远方。仿佛根本不是人间写手所写，文字像传说一样缥缈，可望而不可即。这片伊龙群山的深邃难测，在文字以外有更多东西，他的描写是我们无法用语言复述出来的，只有读者去感受，但是它扩开你的胸襟，一点一点的，把你的胸襟也打开成了群山。我想起了唱歌的一个词叫“打远”，一个作家的作品有打远的能力，跟歌唱家的打远一样，所谓天籁之音，是从天空中飘下来的。

远方的气象，是那种区别于太过实在的、太过现实的、死板的、短视的、不做生死思考的、不懂天地壮美行色的作品。大家可以读读《山海经》，这也是中国小说的始祖，那里面的故事，无论它多么古怪，多么荒诞不经，但从虚构小说的意义来讲，其高超的气象与境界是前无古人，后无来者的，作家有时候应该有这种架势，这大约就叫指点江山，穿行天地，为万物命名吧。

我想以这次我带我们省签约作家去四川稻城亚丁的行程为例，谈谈我对文学为什么要有远方气象的一些思考，这个“远方气象”也是在此行途中突然蹦出来的。

稻城亚丁被称为“蓝色星球上的最后一块净土”“香格里拉之魂”。我过去在举办我们省每年一度的青年作家高研班和签约作家采风时，喜欢将他们带往有大山大水的地方，与他们平时生活有巨大文化形态和自然形态反差的地方。但一下让他们到海拔四千多米的地方去还是第一次，也是充满了生命冒险的一次。加之汽车长途跋涉，到达海拔三千七百五十米的稻城时，有一半的人出现高原反应，晕车。症状千奇百怪，一片恐怖。有的不停呕吐，有的痛哭不止，有的心跳加速，有的只能站着睡觉，有的因为呕吐觉得自己丢人、丑陋，不敢见人。那样的旷世美景，却没有几个人能欣赏。亚丁有三座神山：央迈勇、仙乃日和夏诺多吉。也就是被藏传佛教的祖师莲花生大师命名的文殊菩萨、观音菩萨、金刚手菩萨。据说这是所有藏传佛教徒一生都得到此转山朝觐的圣地，但成了我们作家们最为恐怖的记忆，让我着实焦急不解。央迈勇雪山，非常有名，被称为世界上最美的雪山。造型非常奇特，山峰的轮廓锐利简洁，洁白无瑕。我在日记中这样写道：“这是诸佛之国，壮美的雪山，慈悲的天空，俯瞰着尘世苍凉的人群。吸取你暗中传递的能量，穿越崇山峻岭的羁绊，获得玉洁冰清的洗濯，在稀薄的空气里，在你不太亲切的召唤中，体会远方和高度的意义，获得圣者的智慧。我不是为了信仰，只是为了能够亲近到这样卓绝的大自然。这些奔腾的气象，迈向苍穹的雪山，远离尘世的圣者，远方的香巴拉之魂。穿行天地间，星月揽入怀，这是何等的快意人生！”不管你信不信佛教，雪山的威严圣洁对作家的心灵都是一次洗礼和冲击，除非你心中不想有神灵。作家的心中是要有一个神灵的，否则他靠什么来支撑他写作的信念，激发他的写作能量呢？也许这些地方并不适合一些人来，这不是他们心灵空间需要存放的东西，他们并不知道这一趟对他们究竟意味着什么。

高反，据说是身体好的人才有，身体不好的没有。但我更愿意相信，是青年作家们还没有做好准备，接纳如此高大的、遥远的雪山，这是一个令人震悚的高度，他们暂时还不需要这样的雪山来增加他们作品的重量，来刺激他们写作的灵感，也不需要这样悲壮的折腾来从事创作。虽然我很无奈，但我始终相信他们应该和我一样，热爱和喜欢这类远方高大的东西。我承认我是失望的。

在这条川藏线上，有一些磕等身长头的——至少我前几年去的时候还有很多，他们磕到拉萨，要一年的时间。现在更多的是骑自行车进藏的驴友，他们面色沉静，一路无语，骑着自行车艰难地翻越四五千米的雪山。他们一样会有高反，会遇到毫无遮拦的暴雨风雪，遇到饥寒交迫，露宿荒野。但因为他们做好了准备，无论遇到多么艰难的事也不会失态，不会中途折返，只有默默地承受，自己解决，不会痛哭，把眼泪吞进肚里，没有娇气戾气怨气。而这些人只是来高原故意折磨自己的，他们回去了也不会去写什么小说和诗。但一个作家和诗人，你太娇气，经不起摔打，没有奔向远方的激情，你的作品中有可能出现阿斯图里亚斯笔下的伊龙群山吗？有可能出现海明威笔下的那个大海场景和老人吗？作品中的远方气质肯定不是关在家里就能形成的。我并不是要大家永远流浪在路上，也骑一辆自行车与西藏来个生死之约，我是要大家将心放远一点儿，不要只盯着你单位、你身边的恩怨情仇。我之所以有时候不太喜欢卡佛、门罗、村上春树甚至卡尔维诺，是觉得他们的作品缺少一种天地魂魄的东西，缺少一种经受感和折磨感。

看一看山的庄严不可欺，海的浩渺不可测，听大海潮声，山中林吼，那种通彻天地的感觉可以隔绝和挣脱与恶俗世界的纠缠，把心中的毒素排个一空，从而给文学的世界腾出位置。一个人如果有了绝尘而去的气概，穿行风烟的决心，除掉琐碎生活恩怨的魔障，扑面而来的山水星月与我们相遇相知，冰川雪峰、大泽深谷、奇花异草、珍禽异兽、荒漠高原，都是我们心灵所到的疆域。有了这些，作品中的大气象就形成了。

艺术是一种冒险，它与生命的挑战是同一个类型。我前不久去了河西走廊和南疆，行程如果从武汉算起，差不多一万公里。知道了那些边塞诗人如岑参、高适、王昌龄等都有去往遥远边地戍边征战的经历，绝对是九死一生，于是一段非凡的生命成全了几首诗，如此而已。

我们讲远方的气象，就像是一个背负很重行囊的孤独朝圣者，有着无法预知的命运和谁也不知道的心事，走在天地之间。在南疆我听到了玄奘法师在沙漠中一路西行的动人传奇，这些在《大唐西域记》中都有记载。在他生活的时代，佛教鼎盛，西域三十六国还没有被伊斯兰教征服，凡是来自大唐的高僧都会受到尊重并被请为国师。有的国家不惜以其国王亲妹许配的诱惑，想让玄奘留下，但玄奘以绝食相抗争。后来，他的随从都离开他或死去，剩下他孤身一人骑马西去，两个水囊落地破了，他四五天水米未进，在灼热的沙漠中奄奄一息，生命接近尾声。奇迹出现在那匹马上，马驮着他竟然找到了一处水源和青草，他因此而得救。还有在我们这次去的川西甘孜，有座贡嘎山，贡嘎山是蜀山之王，海拔七千多米，比珠穆朗玛峰还难攀登，至今只有二十多人成功登顶，登山途中死去的人比这多许多倍，死去的人中以日本人居多。可是登山者依然前仆后继。究竟是什么原因让这些日本人想征服这座离他们十分遥远的雪山？他们是否疯了，非要拿自己的生命开玩笑？我们可以想想这其中的道理。

一个作家，我们并不是要他们去穿越沙漠，攀登高山，只是希望他们在有人出路费的情况下，你能走到雪山脚下。我们纵然不能登上雪山，但是我们可以仰望雪山；我们纵然不能到达某种高度，但是我们可以崇拜某种高度；我们纵然不能去向更多的远方，但是我们可以书写远方。即使你无兴趣书写远方，你的作品中必须得有远方。

虚构，作为小说书写的灵丹妙药，我们过分夸大了它的作用，这种作用在一些作家特别是青年作家中用到了极限。有时我在看一些年轻朋友的作品时，常常为他们揪心，仿佛他们把所有虚构的想象力用尽了，常有脱掉裤子裸奔的危险。虚构和网上搜索并不能解决写作的根本问题，还是说到稻城亚丁。你尽可以百度搜索到比我知道得更多的资料，下载到最好的照片，可以写一篇散文，问题是你经受过漫长山路的颠簸吗？你感受到稀薄空气对心肺的挤压吗？你对突兀而至的风雪和寒冷有过绝望般的体验吗？你在高耸的立体的神山面前有过惊讶和自卑吗？我自已，写神农架小说，是在神农架爬过山迷过路的，犯过病挨过饿的，是被人用担架抬下山过的，我有过数次濒死体验，那些体验无法在百度上获得，那些体验就是生命就是小说。

热爱远方就是有热爱山川河流的感情，并将这些感情诉诸细腻的、虔诚的、智慧的、经受过的文字，激发你感悟天地的能力。远方的气象，就是你作品中有一种风尘感、粗糙感，不是精致的生活所要求的规则和礼数。你的作品中的闪光不是一个小茶壶的闪光，而是雪山、高原、沙漠、大海的那种无边无际的闪光，是自然中的神圣光芒。

当我们在这儿反复说远方气象，当然是与做人的气质相关，气质又与素质相关，作品是一个人综合素质的表达。为此，我想了以下几点给大家参考。

一、把自己剥离出来

把自己从所有生活方式中剥离出来，培育自己独特的生活场域，独特的生活性情。性情是最好的风格，性情就是你作品的风格。在当今体制内和迫使你靠近体制的生活，与工资、奖励和晋升挂钩的生活，都潜藏着数只强迫你成为一个庸人的手。即使你想在文学上有所作为以对抗世俗的伤害，但上一辈作家的圆滑世故、长袖善舞，对我们都是一种负面遗产。

一个作家的性情直接影响他对素材的追逐与取舍，影响他表达的情趣，他如何看待事物、阐释事物和解决问题。比如，一个小说的走向，小说解决矛盾的轻重方法、人物语言的运用，甚至小说的结尾方式，都是由你的性情决定的。

剥离自己，就是要打破普遍的生存秩序，打破文坛生态的僵化格局。那种文过饰非、暧昧无趣，在会场上引诱你表达一钱不值的立场，恭维、迎合、取悦、献媚，都将影响你内心被守持的一点儿纯真。我也会听见人议论那些有点成就但左右逢源的人说，不过是个商人，不过是个政客，不过是个假神父，TA很势利，是个小人，两头通吃，没有操守，没有独立人格。也有对某人好评的，TA老实可爱，憨厚，不以色相开路，等等等等。有追求的作家就会有操守，作品是最好的证明，除此之外都不会长久。

在作品中个人化的痛苦和悲伤的成分多于轻薄的欢乐，未尝不是一种守持。没有必要去关心别人怎么写，把自己的东西写到极致就是胜利。我们的爱恨立场不应一下过渡到“时代”“人民”这些虚幻的字眼上，从自己的内心寻找情感依据，积蓄勇气，敢下重手，绝不走时尚，不跟风，不起哄，不抱团。

文学的最终目的，是探索人类的伟大品质，但在深处是写人类的缺陷给人性本身造成的困扰、痛苦和悲剧。比如，孤独、悲伤、忧郁、焦虑和决绝。当我们无法斗争和申辩真理时，就理直气壮地表达我们的苦闷和愤怒，表达颓废也行，不要暧昧，不要假作乐观，不要作品中没有私人感情。正视我们这个时代精神的灾难和因为精神迷乱而造成的生命灾难，不要藏匿自己，警惕欢乐对作品品质的伤害，警惕小资情调的恶性滋生，否则将阻挠你成熟的进程，冲淡你本来可以唤起的创造力。

你如果把读者带向了阳台和咖啡厅，因为你就在阳台和咖啡厅。带向一钵花和带向一片花海是两种不同的气象。你有没有勇气把读者带向雪山和大海，田野和高原？能否用文字带给他们风暴的气势和急流的呼啸？带给他们高反和呕吐，晕厥和恐惧？你在哪里，你的作品就在哪里，你的读者也就在哪里。

二、加进自己

青年作家必须在作品中加进自己，而不是像上一代作家躲闪和消失，以所谓的大格局、大主题的宏大叙事来完成全景式写作的野心，来为自己涂脂抹粉。格局是自己的才叫格局，动辄写国家题材，看起来高屋建瓴，穿越百年，实际上这类作品大多文中无物，空洞虚伪。

青年作家因为没有复杂的生命历程，也就没有凶险的心灵历程，没有经过恶魔阶段，也就无法成为天使。文字是应该有神灵操纵的，我们必须讲真话，必须袒露自己的灵魂，这是《圣经》上说的。叔本华说这世上所剩无几的生命之所以存在，都是失足的结果和罪孽的结果，而作家作为一个特殊的群体，更是有着它本身的缺陷。写过《动物农庄》的英国作家奥威尔说："所有作家都是虚荣、自私、懒惰的，在他们内心深处埋葬着的动机是一个谜。"这话太有意思，我们应该坦荡真诚地揭开这个内心墓碑下的谜。怎么写作，为什么写作，没有什么好遮掩的。

有一个难以解释的也难以忍受的现象是：国外的优秀作家在他们的作品包括创作谈中，尽情地、尽性地、真实地表达自己，直接地说出自己的好恶，因此我们才喜欢读他们的作品和创作谈。而国内作家几乎没有人写自己的内心和立场。老一辈作家更为恶劣，总是谈他们一生学到的生活智慧，这种智慧说穿了就是圆滑与世故，说得不好听叫老奸巨猾，并且还沾沾自喜，引以为荣。如果我们顺着他们的路走，这个世界，这个国家都是可怕的，文学的品质将退化，这也许是他们想看到的。因为他们作为一个中国式作家的品种，达到了巅峰，你们只有仰人鼻息。

"80 后"和更年轻的作家是被剥夺的一代，他们除了玄幻和穿越的空间，还加上一点点勤扒苦做的商业空间外，一切都只有循规蹈矩。有一个表扬他们的专有词汇叫"继承传统""继承优秀传统"。但文学上的传统是毒药，比方说各地主管文化和文学的部门要求当地作家书写本土文化，在写本土文化上，上一辈作家有点作为成了他们好为人师的本钱，然后收徒，指点这指点那，于是这个地方的文学有了传承人、继承者，皆大欢喜。这种写作，上一辈作家是不会暴露自己的，他们的人格特质在某种政治环境下是烦琐的，后来因为小有作为，为自己争得了所谓自己阶级代言人的权利，即书写底层人的权利。因为伪装成一个底层阶级，所以他们的创作有了正当性。但这条道路对并没有吃过苦头，并非靠自己挣扎出头的新一代，没有丝毫写作的灵便。因为他们既不会稼穑，也不会渔猎，也不懂老辈人的敬神好巫，也没有吃糠咽菜的苦难。所以，不要犯傻地写一个地方的风俗故事与文化，写自己与这个世界的微妙关系，甚至是对峙关系是靠得住的。当然，如果你发誓要循着这条路走下去的话，要写得像自己的故事，而不是像别人的故事和当地的故事。不是很像上一辈作家的故事，像某个村庄的故事，像听来的故事。你自己的故事会不伦不类，因为不伦不类，你才有可能杀开一条血路，成为一匹黑马。

三、独往独来

在艺术上不与任何主义套近乎，带着批判的眼光去改造它们，让主义为自己的一套说辞服务。一个优秀的作家都在打天下时有自己独立的语言表达系统，言说方式，远离公众话语和书写程式，远离那些加害于你的规范，从旁门左道逃走，挑最怪的方法尝试，强迫别人承认，磨炼文字硬功夫，什么风格都要别人佩服才能算得上风格。文字是最过硬的。

不要抱团取暖，小说写作就是大兽孤行，不是群鸟噪林，在同一棵树上叽叽喳喳，谁也听不清谁的。在一座山头只有一只野兽吼叫，这就是兽与雀的区别。

写作是沉重的仪式，毫无轻佻和恶搞的可能，除非你颓废过度。保持文字庄重的举止，给别人一个绝尘而去的背影。过度的聚会会让一个孤独者内心更加空虚和伤感，充斥着绝望。好小说的构思起源于孤独之时的爆发力，独处中有宽阔的精神高原才能免遭同行的伤害。有足够的空间才有足够的胸怀和文字，才有眺望和思索的可能。读者不是傻瓜，他一眼就能看到你的作品究竟付出了多少。你站在一个高度上，完成了山川河流的布置，获得了庄严的气象，然后读者在你的作品中会听见天空大地日月星辰的回响。有一句话是这样的："孤独者从自然和上帝那里汲取能量。"这句没找到出处的话，我希望成为大家的座右铭。

图书在版编目（CIP）数据

小说的远方气象 / 陈应松著 . -- 南京 : 江苏凤凰文艺出版社 , 2019.12（2024.2重印）
（陈应松文集）
ISBN 978-7-5594-1659-9

Ⅰ . ①小… Ⅱ . ①陈… Ⅲ . ①演讲 – 中国 – 当代 – 选集 Ⅳ . ① I267

中国版本图书馆 CIP 数据核字 (2019) 第 191546 号

小说的远方气象

陈应松 著

出 版 人　张在健
责任编辑　张　倩　王　青
特约编辑　王美元
装帧设计　WONDERLAND Book design 仙境 QQ:344581934
出版发行　江苏凤凰文艺出版社
　　　　　南京市中央路 165 号，邮编：210009
网　　址　http://www.jswenyi.com
印　　刷　三河市同力彩印有限公司
开　　本　650 毫米 ×920 毫米 1/16
印　　张　11.75
字　　数　173 千字
版　　次　2019 年 12 月第 1 版　2024 年 2 月第 3 次印刷
书　　号　ISBN 978 - 7 - 5594 - 1659 - 9
定　　价　42.00 元